名勝古迹 詩附

嘗考潭柘山實創自司馬氏，爲燕都勝迹，迄今年將二千，姓更十餘矣。雖廢興數數，而基趾難湮，謂非山林靈氣之所呵護，佛輪常轉之所維持乎！野諺曰：「先有潭柘，後有幽州。」雖俚鄙近齊東，而寺之最古亦可概見。舊志所載柘林、竹叢，今雖無存，然前人亦何愛於潭柘，而爲之創虛名以誑世哉！則二景之有，亦可信。試據目前之可睹者論之。森森者，松也，傍峰嵐而蔽日，山僧與野鶴共挹其涼；涓涓者，泉也，繞殿宇而流清，香積偕客纓各濡其志。鳴聲上下，半部鼓吹。紅紫萬千，天然錦綉。雖縱横周匝無十里，而流連游賞可百年。始悟洞裏乾坤，桃源内信有桑麻鷄犬；寰中擾攘，紅塵裏誰知闢勝探奇。茲欲羅列古迹之可傳，用是曲寫今時之可樂。游茲寺也，或值雲霧四塞，不辨方陬，漬漬清香撲鼻，手如持七寶妙樹；或值日光普遍，徹顯莊嚴，歷歷美景怡情，身疑登八功德池。常來者輒忘返，久寓者永不厭。僧鐘永續，客屐多穿。自華嚴師而後，其駐錫之高僧，不啻數十餘輩。

即我聖祖仁皇帝，亦嘗駐蹕於斯，而謂其名山勝境，不亞五臺焉。夫既經聖人之品題，何難定招提之稱譽。即謂之爲文殊大士之化宇，秘魔寶岩之別院也，亦無不可。

詩　附

從顯宗幸潭柘 今勒石於舍利塔傍。

金　釋重玉

一林黄葉萬山秋，鑾仗參陪結勝游。怪石斕斒蹲玉虎，老松盤屈卧蒼虬。俯臨絶壑安禪室，〔注一〕迅落危崖瀉瀑流。〔注二〕堪笑紅塵名利客，幾人於此暫心休。

秋日游潭柘山禮祖塔

明　釋道衍

早悟人生如寄爾，不計流行與坎止。只緣山水窟中人，此心未肯負山水。策蹇看山朝出城，葛衣已怯秋風清。白雲横谷微有影，黄葉墮澗寒無聲。乍登峻嶺寧知倦，古寺重經心戀戀。潭龍蟄水逾千丈，空鳥去天纔一綫。老禪寂滅何處尋，孤塔如鶴栖喬林。岩巒幛開豁耳目，〔注三〕嵐霧翠滴濡衣襟。〔注四〕燕山如此越物表，下視群峰一拳小。何時乞地息餘年，不學烏巢居木杪。〔注五〕

〔注一〕「室」，原誤作「客」，今據藝風堂藏原碑清拓改。

〔注二〕「瀉」原誤作「渴」，今據藝風堂藏原碑清拓改。

〔注三〕「耳」，崇禎刻本《帝京景物略》卷七作「病」。

〔注四〕「濡衣襟」，崇禎刻本《帝京景物略》卷七作「消塵襟」。

〔注五〕「烏」，崇禎刻本《帝京景物略》作「鳥」。

潭柘山三首

泗水　郭　武

潭柘山高處，金銀佛寺遥。斷崖吹石雨，虚閣貯松濤。結社還携酒，臨溪欲弃瓢。白頭僧自老，相對説前朝。

來尋古寺宿，騎馬白雲層。犬吠到門客，香薫入定僧。半龕崖際磬，孤塔夜深燈。有暇頻過此，翻經證上乘。〔注一〕

青山亦無盡，細路轉來通。霜草縈淺〔注二〕碧，霜梨落半紅。爐存前劫火，樹老兩朝松。無柘無潭寺，年年現雨工。

潭柘南村

蒙陰　公　鼐　明

芙蓉村下緑溪環，刳木通流亂石間。十里濃烟深樹裏，〔注三〕鐘聲冉冉過前山。

潭柘

武進　金印榮　明

蟠屈競深尋，崇岩據幽窄。清水穿樹根，樹光澤以碧。攢巒礙奔雲，少人而多石。視天不盈畝，視地不逾隙。嶷嶷古寺存，云是龍之宅。法能除龍嗔，龍亦捨其國。或時龍歸來，雷雨火青赤。靈怪伏潭底，神聖居潭脊。〔注四〕誰知世代湮，猶存靈异迹。

〔注一〕「翻經證上乘」，崇禎刻本《帝京景物略》卷七作「閑隨僧誦經」。

〔注二〕「淺」，崇禎刻本《帝京景物略》卷七作「殘」。

〔注三〕「深樹裏」，崇禎刻本《帝京景物略》卷七作「非柘影」。

〔注四〕「脊」，原誤作「背」，今據崇禎刻本《帝京景物略》卷七改。

一音堂示諸法侶 七首

明　釋達觀可真

夢裏青山夢裏身，孑然去住別疏親。〔注一〕何須醒後觀憎愛，始信龜毛第七塵。

日暮龍潭即目 其二

岩端待月一天靜，石上聽泉萬慮空。笑問同來二三子，是誰行樂有無中。

贈潭柘龍泉寺柘林藏主 其三

布衲蕭蕭抱寂寥，遍探龍藏答清朝。山深自是桃花晚，紅白枝枝祖意饒。

潭柘懷繆仲淳 其四五

谷水龍泉一片雲，去來誰復見離群。夜深惟有滄溟月，無限清光不可分。

曉露風高便結霜，冰凌入夏襲衣裳。人間暑氣渾無有，五頂經行少繆郎。

再游潭柘寺 其六

峨嵋萬里去重來，法雨香林遍九垓。〔注二〕誰料昔年荆棘地，空山已復涌樓臺。

一音堂寄懷靜光滑居士 其七

世路多崎嶇，悠悠寄岩谷。去來惟白雲，天地亦茆屋。渴有泉可飲，饑有松充腹。明月上東

〔注一〕「孑」，原作「了」，今據崇禎刻本《帝京景物略》卷七改。

〔注二〕「林」，天啓刻本《紫柏老人全集》卷十四作「雲」。

峰，貝葉聊披讀。會旨忽喪我，朗然鏡光復。〔注一〕松邊坐良久，介爾一成六。天水本不遠，亦寧非五竺。行踪顧難留，去去心有屬。〔注二〕邂逅雖可期，江山阻人目。搖搖莫進思，〔注三〕卷來托茲幅。

國朝

聖祖御製六首

下戒壇將至潭柘馬上同高士奇聯句二首

嶺腹層層小徑斜，御製 穿雲陟盡石峪岈。臣高士奇 澗中草屋流泉繞，御製 萬匹龍驤擁翠華。臣高士奇

其二

蟬鳴草木動薰風，御製 蛺蝶雙來引御驄。臣高士奇。時有雙蝶飛導仗前。潭柘幽深聊駐輦，御製 省方不與豫游同。臣高士奇

潭柘寺偶作其三

怡神水樹清襟洽，滿目奇峰入夏雲。微起涼風響萬籟，山中鶯囀奏紛紜。

咏潭柘寺竹其四

翠葉纔抽碧玉枝，經旬清影上階墀。凌霜抱節無人見，終日虛心與鳳期。

夏日潭柘寺其五

〔注一〕「朗然鏡光復」，天啓刻本《紫柏老人全集》無此句，而有「虛心而寔腹。愛生死媒進，忘所能豈獨。辟若古寶鏡，無塵光自復」五句。

〔注二〕「去去心有屬」，天啓刻本《紫柏老人全集》卷十四作「薦茗誰擊筑」。

〔注三〕「進」，天啓刻本《紫柏老人全集》卷十四作「盡」。

微雲綴岡嶺，細路揚前旌。磴轉松門開，漸覺沙界平。潭湮石甃露，柘古苔紋生。一徑得疏豁，層軒面峥嶸。愛此户外泉，俯視涓涓清。修篁挺蒼翠，其下流交横。斐然淇澳思，宛爾渭濱情。嶰谷有遺響，簫韶鸞鳳聲。

觀苗無意到潭柘咏時景 其六

晝永薰風至，清泉决决長。芳年添景色，遲日换流光。舊竹隨堤發，〔注一〕新花滿澗香。觀苗不覺晚，微雨點衣裳。

扈蹕西山紀事 四十首之四。

桐城 張 英

靈境無如潭柘杳，幽栖真見古瞿曇。慚無濟勝登臨具，咫尺名山不易探。上幸潭柘，念臣英艱於登陟，命暫留石景山。

岩壑紆迴入渺茫，鳥啼花落總天香。渾河西畔山逾秀，福地珠林紀晋唐。潭柘山更幽奇，佛刹乃晋唐之遺。

翠竹烟梢碧玉姿，傍崖臨水緑參差。皇心珍重凌霜節，題作篔簹第一枝。潭柘有竹最茂，御製詩咏之。

寶翰偏宜洞壑藏，山光雲影入天章。一經洗筆溪頭水，清澗常流御墨香。

扈駕游潭柘三首

高士奇

九峰合沓樹蒙叢，野蝶山蜂滿目中。〔注二〕扈

〔注一〕「竹」，原誤作「行」，今據文淵閣四庫全書本《聖祖仁皇帝御製文集》卷三十九改。

〔注二〕「目」，康熙刻本《隨輦集》作「澗」。

從賡揚千載事，〔注一〕吟鞭時近玉花驄。下戒壇，幸潭柘，命臣士奇於馬上聯句二首。

枯柘還餘選佛場，金元碑碣紀滄桑。潭柘寺有金元碑記，佛殿下有龍潭。登臨原是勤民暇，猶有茆檐念不忘。上幸潭柘寺，愛其幽邃，吟詩二章。雖在豫游，未嘗不在天下蒸黎也。〔注二〕

老幼村村望輦門，太平鷄犬足饔飧。喜瞻鑾旆威容盛，山果盈筐獻至尊。上幸潭柘還，道左民人携老挈幼聚觀，上命勿禁。時有獻青李者。

游西山 八首之一　　合肥　李天馥

柳塘輕浪暖，水箭漾紅亭。縠縐流清淺，藤蘿入杳冥。猿啼深澗冷，龍卧古潭腥。潭柘有神龍聽法。東向看歸道，重城暮靄扃。

潭柘宿風〔注三〕　　宛平　王崇簡

山空夜半雨，觸處欲驚龍。鐘破凉烟入，寒依荒籟通。溝花何處辨，動鳥幾林風。此際生新思，〔注四〕峰巒集夢中。

重游潭柘寺 山中蛇虎時見，〔注五〕不爲害。

烟冷雲荒野徑迷，游踪又到碧峰西。蛇蟠虎伏憑人説，柘萎潭迷聽鳥啼。雙吻勢增危殿矗，千山影斷僻門低。〔注六〕攀幽爲憶當年侶，〔注七〕惆悵空山落葉凄。

〔注一〕「扈從」，康熙刻本《隨輦集》作「异數」。

〔注二〕「在」，康熙刻本《隨輦集》作「念」。

〔注三〕「潭柘宿風」，崇禎刻本《帝京景物略》卷七作「雨宿潭柘」。

〔注四〕「思」，康熙本《清箱堂詩集》卷一作「事」。

〔注五〕「虎」，原漫漶不清，今據光緒本補。

〔注六〕「斷」，康熙二十八年王燕刻本《青箱堂詩集》卷二十八作「壓」。

〔注七〕「幽」，康熙二十八年王燕刻本《青箱堂詩集》卷二十八作「躋」。

其二

寺有唐碣、元妙嚴公主拜磚。

邁嶺盤溪尚未艱，峰巒迴互綴烟鬟。石根泉落猶穿石，山外雲生別起山。殘碣模糊蒼蘚上，遺磚寂寞亂紅間。催人暮雨遲遲去，欲喚龍携潭水還。

潭柘

華亭 王頊齡

杖策戒晨裝，興發事幽討。黃葉覆石梁，峭壁插晴昊。馬蹄歷岝崿，砰磕如骨骹。至止嘉福寺，枯柘風霜飽。其下有海眼，蛟龍窟宅老。華嚴戒律精，説法神龍擾。幽潭一夕徙，金碧焕雲表。殿吻髯鬐張，傳自龍王造。至今佛座下，猶聞波浩浩。摩挲畫壁間，祖師騎龍矯。龍子遺五百，隱現無昏曉。當春始出游，掬水故相嬲。我行聞此言，龍呼何猾狡。劉累能豢龍，醢龍龍去蚤。葉公好似龍，真龍便驚倒。如何此伎倆，人龍共相保。

游潭柘三律

黃岡 王澤弘

半生踪迹總飄摇，今日何緣度此宵。山古石留秦代樹，泉深水接海門潮。感恩秋壘今俱破，濟世雄心亦漸消。到此無生無可説，江山滿目是魚樵。

尋幽不憚路行艱，[注一]石磴層層百折灣。飛瀑穿雲飄古雪，亂峰迎日閃苔斑。山游歷險心愈暢，水涉臨深意自閑。應笑世緣何日盡，早携飄笠叩禪關。

谷轉溪迴別有天，四山環繞盡流泉。龍分兩地蹲鴟吻，人拜雙趺透石磚。杰閣凌空鐘梵落，巉岩倒鎖洞雲眠。莫言惠遠開蓮社，嶺上青池有白蓮。

霧中由戒壇度羅睺嶺稍霽至潭柘

松江　王鴻緒

既瞻戒壇松，言觀潭柘樹。山僧勸我且莫行，白額秋來亂林塢。我聞斯言大吁怪，欲行不行日亭午。此生到處被物厄，不信山游復有虎。携朋大笑出寺門，樵子前驅荷干櫓。聯鑣兀兀雲霧中，羊腸鳥道愁花驄。十步九折凌絶壁，仰面直欲摩蒼穹。但覺千山萬嶺同一氣，舉世高下歸鴻濛。我僕馬蹇滯岩底，招呼不辨西與東。兹山猛虎固安在，耳邊作吼惟松風。須臾度嶺四天豁，西崦已墮銅輪紅。忽見九峰開錦帳，朱霞一抹青芙蓉。紅樓金殿聳天際，秋林杳靄聞清鐘。

[注一]「艱」，原誤作「難」，今據康熙本《鶴嶺山人詩集》卷十五改。

我策我馬入幽谷，苾薊相引山之麓。紺宇輝煌繞玉闌，禪房窈窕揺修竹。古柘千章無復有，妙嚴雙趾今誰續。日斜不及訪龍泉，仰睹峰頭亂紅緑。對景行厨瀉酒醅，臨風萬里酣高臺。我且歌，君莫哀。元規朝市多塵埃，城外名山誰看來。

潭柘寺分得柘字

宣城 施閏章

良游欣素侣，越嶺騁幽暇。眷兹雲外峰，塵纓罕策駕。緑階瀉碧泉，古樹卧殘柘。舊聞此海眼，真僧奪龍舍。靈迹信有無，蜿蜒見猶乍。陽塢竹還青，春渚梅未謝。栖宿尚岩扉，潺湲響清夜。

潭柘寺分得柘字

宣城 梅庚

同游爲毛會侯、姜西溟、嚴蓀友、朱錫鬯、秦留仙、朱品方、曹賓及施愚山，主人張見陽。

古殿護靈湫，磴道丹泉瀉。一綫入青冥，殘柯偃枯柘。講壇花尚飛，福地龍能借。蜿蜒聞至今，時時竄僧舍。帝女存遺甓，雙趺宛承藉。往迹探未窮，塵鞅悤初暇。延賞及餘春，疏梅敷竹榭。劖崖表歲時，揺筆愧顔謝。

答耦長同愚山山中寄懷詩

新城 王士禎[注一]

聽吟潭柘寺，宛撫戒壇松。空翠行相引，清

[注一]「禎」，原作「真」，今據《漁洋山人自撰年譜》改。

暉復幾重。孤筇穿鳥道，百里望雲峰。述作思陶謝，幽尋悵莫從。

送梅耦長游潭柘山　徐元夢蝶園

送爾看山去，山中花正開。晚霞明遠岫，春草暗高臺。鹿傍松崖過，僧穿石洞來。遥知幽興極，醉月坐莓苔。

又　邵長蘅湘子

西山青突兀，連蜷都城傍。馬首見空翠，欲往神飛揚。羡君遂幽討，朋侣行相將。攀躋詎一境，勝事難具詳。我聞西山寺，香火多中璫。刑餘竊威福，紺碧争輝煌。冢墓何嶙峋，石獸夾道傍。朽骨啖猯狢，象教托空王。豈徒供歷覽，良足驗興亡。諸陵接天壽，想像雲氣荒。紅墻日頓擗，〔注一〕黄瓦頹清霜。牛角礪斷碣，松飆激笙簧。潭柘古靈湫，其下有龍藏。至今餘龍子，蜿蜒出僧房。君見當再拜，神物非荒唐。或能致霖雨，慰此蒼生望。不似南山蛟，拔木摧巒岡。殘雪洞壑净，飛花澗水香。〔注二〕嬋娟春山秀，黛碧澄湖光。冥搜窮雕鎪，〔注三〕覽迹餘慨慷。得句倘見貽，珍比璆琳琅。

〔注一〕「日」，康熙刻本《青箱旅稿》卷一作「自」。

〔注二〕「水」，康熙刻本《青箱旅稿》卷一作「泉」。

〔注三〕「鎪」，康熙刻本《青箱旅稿》卷一作「鑱」。

潭柘山龍泉寺喜雨留宿

松江 周金然

燕多古名山，罕出龍泉右。潭封柘則寺，幽州更其後。我來歷陂陀，登頓令人瘦。頳碧莽迴合，草花紛錯綉。陰崖奇石積，仿佛蒸饋餾。遥見殿角鴟，良久未及霤。叩關日已晡，炯碎出懸溜。未論人馬饑，先覓泉源漱。破衲赤脚迎，佛號喃喃咒。蹣跚捧盤獻，山靈此中覆。啓視得二青，蛇服乃馴揉。潭龍捨宅去，龍子守岩竇。愆陽或秩祀，響答曾不謬。三農今望澤，是物果出岫。俄聞雷殷殷，斯須變氣候。樹杪颯沓來，沾灑盈襟袖。始知物有神，不信天能漏。兹游豈偶然，失喜遍朋舊。既飽齋房芝，還酌清樽酹。〔注一〕秉燭過夜半，款段已嘶廐。殘夢餘瞢騰，更閲千山秀。

游潭柘寺

吴雯

一嶺鬱岧嶢，横斷潭柘路。香光莊嚴渺，何處。〔注二〕奮力登躋頓忘疲，豈云濟勝全無具。忽然涌出青蓮花，千峰萬峰不知數。人在青蓮花裏行，僧在青蓮花裏住。豈知勝地限咫尺，功力未到終難遇。寶閣崔嵬入雲表，石龕巘嶫開珠户。

〔注一〕「清」，康熙刻本《西山紀游》作「青」。

〔注二〕「處」下，疑有脱文。

雨後争看修竹林，鶴來忽動青松樹。珠泉滴瀝遞空響，鴨脚甘蕉蔭行步。齋厨供饌衆花集，長廊梵唄神龍護。嗟我勞生慕栖隱，對此真令屏塵慮。安得早謝區中緣，静息西岩發深悟。

潭柘晚坐齋心

前人

至人離有無，泯然衆機挫。修持苟無力，鬼神輒覰破。嗚呼華嚴師，冥心絶行作。神龍不能見，此地曾孤坐。我來千載後，道風想擔荷。但恐纖塵隔，虚空即點涴。精誠發嚮往，筋力愧孱懦。白鹿階下行，黄鳥花間過。中宵梵唄聞，肅然警偷惰。

霽崙輪庵兩上人并至潭柘霽公有作依韵奉答

勝緣隨處好，此地即清凉。寶閣争雲出，天花雜雨香。忘言證摩詰，善飯祝張蒼。新月前峰是，金鵝蕊正黄。

霽公又次壁刻金釋重公韵索和即答

年華忽忽鬢絲秋，下澤常思馬少游。高咏喜聞清似鶴，好山驚見翠如虬。名心難遣千年妄，世事誰爲第一流。今日追陪龍象後，髻珠可許付裴休。

再次前韵

岩花裛露散清秋，夢醒三生識舊游。不擬讀書滯高鳳，誓將綺語斷羅虬。皈心後覺須先覺，達本儒流亦道流。古鏡不煩重拂拭，大千寂照幾曾休。

潭柘寺

王嗣槐

山足嵐低夕杳冥，林蘭坐隱九峰青。含桃紅點祇园树，修竹苍浮曲水亭。谷口龍歸通海汐，泉眼通海。殿頭鴟竦拂天星。鴟絶雄麗。遥瞻雲氣多芝采，界道時聞玉輦停。

叠嶂層巒抱寺門，雲中鴿影梵王樽。千年古柘開山出，百丈寒潭倒峽噴。〔注一〕采藥僧隨盤谷老，種花村傍給孤園。小亭樹倚藤床醉，〔注二〕滿地風摇碎緑繁。曲水亭坐飲，和馮承相躬暨作。

夾嶂紆迴雲氣沉，〔注三〕馬行石路曉寒侵。岩高豹走腥風急，〔注四〕樹老藤遮午日陰。出谷初聞鶯舌巧，穿林更入虎溪深。〔注五〕逢人莫問天臺路，象塔能傳鐵鐸音。發潭柘，至天臺寺，谷中行三十里。

初夏同崔使君游潭柘寺

黄山 何 燦

〔注一〕「丈」，康熙本《桂山堂文選》卷十二作「尺」。

〔注二〕「床」，康熙本《桂山堂文選》卷十二作「蘿」。

〔注三〕「夾」，康熙本《桂山堂文選》卷十二作「叠」。

〔注四〕「豹走」，康熙本《桂山堂文選》卷十二作「虎嘯」。

〔注五〕「入」，康熙本《桂山堂文選》卷十二作「覺」。「虎溪」，康熙本《桂山堂文選》卷十二作「鹿柴」。

嵸巃烟翠鬱晴空，净域弘開上國雄。雙鳳闕移靈鷲嶺，九龍峰抱蕊珠宫。摩霄古樹寒雲落，挂壁飛泉絶磵通。静聽梵音流夜月，冷然幽韻寫松風。

贈震公和尚[注一]

釋慧善 樂修

濾水與籠燈，長長護有情。自從青草出，再不下階行。

訪振寰律師

釋興源 楚雲

十丈塵消暑氣清，此行方許慰幽情。竹林寒翠峰前起，石峽飛濤雨後鳴。西竺心燈誰得旨，南山道韵久流聲。未生前與君相見，一任人間歲月更。

夏日游潭柘 四首

李 瞰

不識山深淺，但知心冷然。白雲同坐卧，到此欲忘年。

絶境人間少，清泉屋裏飛。自來童不俗，相對欲忘歸。

綠筠千個好，掩映絶纖塵。不覺生鄉思，真如遇故人。

此際身何着，悠然趣自深。好風香細細，清

[注一]《贈震公和尚》，本詩亦見於《全唐詩》卷八百五十，題爲《律僧》，唐智遠作。

畫樹陰陰。

中秋偕諸同人游潭柘

竺西 张彙

爽氣着庭樹，誰與秋興同。幸多素心人，結伴來山中。崖石履欲滑，林條攀乍紅。山店村酒香，野橋細雨通。皇居乃咫尺，曠蕩纖塵空。生物息吹馬，身世若飛蓬。跂足絶壁下，傲爾當長風。

身在翠微裏，隨山作高下。山轉秋林深，林端見潭柘。流泉走龍蛇，嵌石百道瀉。砑然山門開，金碧漏松罅。像設極莊嚴，緇流亦閑暇。竹圃清有餘，山光美無價。深入境益奇，倒持啖都蔗。

笑語同游者，汝聞木樨香。共指方丈室，白露浦清涼。老宿復茶話，天花落繩床。先皇昔游豫，寶座猶輝煌。翰墨邁往哲，玉軸飛龍章。小臣拜手觀，如身立岩廊。感嘆固非一，結念依空王。蔬筍具須臾，香潔沁牙齒。一洗酒肉腥，回甘得嘉美。瓶鉢既清嚴，浮塵净棐几。飯食似對山，林風吹清耳。緬想開山人，尋幽弄潭水。愛此迴抱勢，面午而背子。卓錫翠微中，終焉宅於此。咄哉姚少師，煌煌襲金紫。老矣猶愛山，所歷幾登涉。觸熱大江波，衝寒泰山雪。況兹秋正佳，林壑意尤愜。停車屢迴顧，漸覺雲峰叠。乞句聊具訓，存想息疲茶。泛菊撰良辰，還來就紅葉。

游潭柘寺聯句

滿洲　巢可托

巖巢中開小有天，曉亭 空青紅樹斂秋烟。傍崖石徑透迤入，匡山 倚壑雲根出没聯。曉亭 丹闕琳宮瞻法界，蕙圃 石床貝葉化初禪。匡山 半山殘照修篁影，曉 一綫分流古澗泉。匡 稽首蓮臺宸翰肅，蕙 皈心寶塔相輪圓。匡 放間粥鼓僧寮寂，曉 撤盡藩籬佛火傳。匡 綉帶香幡來紫禁，蕙 花磚芳躅繼金仙。曉 質孫服飾窺元制，曼碩風裁諱史編。妙嚴修真佛寺，薛禪塑像壇邊，《元史》俱未載，故云。 馴致靈蛇盤妙髻，摩挲枯柘委華鈿。低徊締造開皇際，沼溯荒蕪天寶年。劫運屢經重濩落，莊嚴又見勢飛騫。匡 琅函近覯藏經閣，蕙 紺殿新横授戒筵。筵側木蘭含雨潤，庭前柏子受霜堅。晴嵐澹蕩歸岩岫，陰嶺嶔崎落彩箋。匡 徵事祇林窮往復，探幽净地鎮遷延。長房青豆浮茗蜿，精舍湘簾透甲煎。蕙 破竈折蘆欽宿德，吹毛問柱會忘筌。匡吾儕性具栖霞癖，共就裴王占勝篇。

潭柘山四首

静海 勵宗萬〔注一〕

潭柘誰名寺，幽州未肇先。虎藏依戒律，龍徙讓安禪。枯樹留壇供，清厨引鉢泉。幽靈洵可异，龍子尚蜿蜒。

其二

梵綱持先律，維摩證妙詮。壁間所繪天女、維摩。莊嚴新寶所，新造楞嚴壇，最爲妙麗。華藏古瑶編。《藏經》多出内賜。鏡影重重攝，珠光個個圓。龍華徵法會，覺海共乘船。

其三

證得無生忍，空山苦行僧。妙音常示寂，獨立更無憑。顔澹逾充悦，心空得上乘。衍師應讓席，説法繼南能。

其四

瘦藤聊可仗，同上寶珠峰。〔注二〕怪石疑蹲虎，空山隱蟄龍。〔注三〕山深不見寺，林午乍聞鐘。落葉半迷路，步隨樵牧踪。

西山紀游

蘄州 易 泗

曾聞西山之勝甲長安，游人寧厭春色闌。縱

〔注一〕「勵宗萬」，乾隆刻本《南華山人詩鈔》卷九《紀游後集》收此詩，題爲張鵬翀作。

〔注二〕「上」，原誤作「出」，今據乾隆刻本《南華山人詩鈔》卷九改。

〔注三〕「山」，乾隆刻本《南華山人詩鈔》卷九作「潭」。

馬呼船行有伴，拄杖攀援石潭間。群峰突兀勢如劈，前山高聳後山脊。參差寺院起中阿，金殿瓊臺千古迹。我携野客入山闉，自喜心胸絶點塵。寺裏老僧未識面，科頭倒屣如故人。好花列砌共游目，幽徑還餘萬竿竹。洞天深處見禪心，流觴水向盤龍曲。院中有流觴曲水亭。忽聽飛泉響碧空，入谷尋流斷續通。直到源頭活水處，對之兩腋生清風。樵人指引半山麓，緑陰之下一亭矗。石上苔衣片片鮮，携手行來小可宿。歇心亭名未久意蘧蘧，留宿僧房興不孤。一枕清香邀月上，風過迴廊響木魚。無端東嶺吐朝旭，催歸可奈小童促。我行不忍驟揮鞭，回首閑吟情未足。

岫雲寺下院曉發　張鵬翀

下院微雲掩夕光，上方朝景射清暘。摩天峭嶺圍空翠，夾岸疏林隱半黄。游躅追隨如几席，吟輿安穩似匡床。戒壇未許淵明飲，聊把茶甌當菊觴。潭柘戒壇，戒律精嚴，不得飲酒。

又

松陰夾路蔽晨光，柿實垂林暈曉暘。山接居庸關塞紫，河流涿鹿隴沙黄。小橋跨澗臨茅屋，古磴盤雲上石床。佳節欲窮吟賞興，龍公爲取帝臺觴。居庸、涿鹿，用寺碑語。

又

黄登穀

寺門弘麗接天光，御筆舒華眩谷暘。破壁奇松蟠鬣翠，萬壽蟠龍松，奇絶。嵌崖叢菊碎金黄。千岩拱護安禪地，〔注一〕百寶莊嚴供佛床。極樂峰聯潭柘影，寒泉流月好浮觴。潭柘寺有流杯亭，舊名曲水亭。

初至岫雲寺竹房

張鵬翀

乍聽疑風雨，泉聲滿竹房。漱餘清肺腑，卧對冷衣裳。階蘚生新浄，檐花裛細香。寶峰看不厭，拄杖立殘陽。

又

修竹流雲古佛廬，鳴泉濺濺賤階除。不須更把浮名洗，静對安心聽法初。

潭柘寺

崇明 沈文鎬

徑入羅睺列九峰，平潭遺迹認禪宗。千章已失環山柘，五尺猶存繞鉢龍。石雨飛隨空外錫，松濤響答上方鐘。何當來聽華嚴法，踏破幽岩翠一重。

龍潭柘木

〔注一〕「千」，原誤作「午」，今據上下文意改。

〔注一〕「祚」，原脱，今據文淵閣四庫全書本《盤山志》卷十六補。

潭柘寺本青龍潭，大小二淵，及有柘樹千章，因爲名焉。而祖師開山，青龍避去。其大潭平爲寺基，小者在寺後，今已甃爲池。柘林今亦烏有，惟殿左有一柘株，瓦亭覆之，長不盈丈，枯而不朽。志所稱虬形，其猶最晚，特後凋者也。

大青二青

潭柘寺殿中二蛇，腹大如碗，長五尺餘，名大青、二青。藏紅篋，自篋穿爐足，交蟠供桌上。按：《盤山志》載徐昌祚《燕山叢録》云：〔注一〕「薊州甘泉寺有蛇曰小青，龍虬之屬也。與人馴狎，時蟠宿僧榻。禱之能致雨。」拙庵智樸辨曰：「甘泉寺未聞小青禱雨之説。惟西山潭柘寺舊傳，潭龍捨宅於華嚴祖師。衍公。今殿角鴟吻，潭所涌也。龍子青蛇服，日傍僧居。又秘魔岩旁有潭大如斛，覆以巨石，深杳莫測，即當日大小青侍盧師行雨化龍處也。」拙庵所辨，最爲明晰，今世俗所傳，每以盧師大小青事附會潭柘，殊非其實。潭柘藏紅篋中者，寺僧呼曰龍子，又名善蟲，隨地皆有，亦隨時可致耳。謂即目比爲大小青，亦非其實。故録《盤山志》并附辨之。

送龍子歸潭柘文 今勒石貯在大殿内。

明 釋達觀 紫柏

潭柘龍子，靈應异常，其衛法也甚固。歲在丁亥，我將禮普賢大士於峨嵋，顧惟水陸間關，夷險莫測，乃白龍父：「余雖不德，忝爲佛子。行邁在邇，其尚有以借我。」既而辭龍泉，客濟南青崖觀。一夕，夢小青透迤緣壁而下。無何，開侍者至，謂開曰：「夢蛇而若來，异哉？」對曰：「和尚杖錫將西，此必燕山龍子來赴盟耳。」自是每食、出生，次必祭諸龍子。〔注一〕龍子夾輔跋涉，三易寒暑，履波蹈險，冥護實多。天蜀往返，我得志焉。己丑，我始東還，結夏曲阿於觀察別墅，則龍子現形辭我，欲歸故居。嗚呼！龍乃鱗蟲之長，能大能小，能隱能顯，智德威靈，變化多種。如多頭、〔注二〕現毒、摩那斯慈心、難陀歡喜、優鉢羅黛色、婆伽羅鹹海，此皆或以德，或以威，或以處，故名或人，其龍德非我所知也。潭柘大青、小青，夫亦龍族，奉如來敕，藩屏伽藍。蛇形而佛心，异類而敦善。見人不怖，遇物不傷。歲或不若，〔注三〕雨暘愆期，百穀憔悴，農人悲惶。二青顯通，吐沫爲雲，噴涕爲雷，彈指之頃，潤沾大地，枯者盡蘇，〔注四〕僵者立起，顰蹙而望者，鼓舞歡忭。於是感青惠施，金碧其宮，昭廓其神，代有銘志，〔注五〕以示不忘，禮也。余道不勝習，萬里周旋，勤諸龍子，恬不告勞，可謂畢力矣。敢不躬造闕庭，以不腆之幣敬致龍父，奉還令子。行恐後世不知龍德，我姑識之，以傳不朽。仍願龍之長幼，藉佛寵靈，得無上覺道，爲大金湯於不替也。

雙鴟吻

〔注一〕「出生」，原脱，今據原碑民國拓片《紫柏尊者別集》卷一補。

〔注二〕「頭」，原脱，今據卍字續藏本《紫柏尊者別集》卷一補。

〔注三〕「若」，原誤作「苦」。今據卍字續藏本《紫柏尊者別集》卷一改。

〔注四〕「盡」，原碑拓片及續藏本《紫柏尊者別集》并作「頓」，清鈔本作「頃」。

〔注五〕「銘」，原誤作「明」，今據卍字續藏本《紫柏尊者別集》卷一改。

潭柘寺大殿雙鴟，五色備鱗，而作匠或柹之云：「五色者，魚、龍、蝦、蟹、荇藻，各現其形其色。而工絕，非神匠不可爲。」鴟若置地，過人髻五尺許高，危然不摇。今之寺基，故龍潭也。潭通大海，因謂海眼。華嚴師時，潭龍日聽法於師。師欲開山，龍乃讓宅。一夕，大風雷雨，潭則平地。兩鴟吻涌出，今殿角鴟是也。爲之龍宮所獻，亦爲金元故物。

自油柱

大殿中，佛前左右二柱，每年春夏之交，焕彩如新，人莫測其所以。康熙三十一年，殿灾，毁。

畫祖

畫祖者，水墨畫華嚴祖也。在殿左壁，坐蕉竹下，騎老龍。畫蕉若雨，竹若烟，龍若霧出其甲，祖若入定未出之像。

石佛

石佛者，白石佛像，乃唐時古佛也，在三聖殿左側。有黄蓮樹生石座，横過。雨後根菌紛糾，使像愈辛苦然者。

拜磚

拜磚者，元妙嚴公主拜佛，雙趺痕隱然入磚，幾透磚背也。相傳妙嚴爲元世祖女，削髮居此，日禮觀音大士不輟，遂留此迹。其先，額手足五體皆印。歲久磚壞，惟兩足痕存。萬曆壬辰，孝定太后欲經御覽，貯以花梨木匣，迎入大内，後送歸寺。紫柏禪師贊云：「頂禮道人雙足迹，身毛不覺忽俱竪。無始懈怠習頓除，覺天雲迸精進日。我想斯人初未逝，〔注一〕朝暮殷勤禮大士。心注聖容口稱名，形骸屈伸安可計。積日成月月成時，積時成歲歲成劫。如是積漸難盡言，水滴石穿心力至。譬如千里始初步，又如合抱生毫末。以踵磨磚磚漸易，磚易精進猶未止。磚穿九地承足底，〔注二〕地穿有時人不見。我獨了了無所疑，因之耿耿生悲泣。願我從今頂禮後，精進爲足踐覺地。境緣順逆湯潑雪，又如利刀破新竹。迎刃而解觸即消，〔注三〕在在處處常自在。又願見聞此迹者，刹那懈怠皆冰釋。」武進金印栄《拜磚》詩：「豺虎匪矍視，鷙鳥罕怒形。震雷無烟氣，利鍔含迅霆。精極動四體，四體驚神靈。足刺大地穿，心坎光熒熒。屈伸臂者誰，呼吸通玄冥。〔注四〕投佛五體皈，頂踵俱螟蛉。刹那周沙界，毋使三昧停。」

四像

在觀音殿。四像林立大士前。其左前元世祖，右前。〔注五〕其后左次其子，右次即妙嚴公主也。妙嚴祝髮於是，持《觀音文》禮大士，老於是，塔是山之下。

静室

少師静室，在寺東北一里許。江寧艾容《宿潭柘寺瞻姚少師像》詩：「萬叠芙蓉綴嶺西，青鞋已破繫還躋。壁藏溪澗聲聲錯，路過泉聲步步携。僧記寒山黄葉早，人臨秋月夜雲低。獨庵老去知何在，徹骨風流自品題。」按：《日下舊聞》，京師有少師畫像，面方大肥，紅袍玉帶，髠頂，上帶唐巾，今崇國寺猶是。僧服姿容瀟洒，雙睛如電光之爍。自題贊云：「看破芭蕉持杖子，等閑徹骨露風流。有時摇動龜毛拂，直得虚空笑點頭。」今静室塑像，僧服露頂，與崇國寺所供相類。觀艾容詩，用「徹骨風流」語，此僧曾供静室來可知也。姑附識之。康熙丁亥，住持德彰律主重修静室。寺僧洪慈修净業於此，内外嚴飾，潔不容唾。异草瓊葩，繞屋而生。雖樂邦勝地，亦無過也。僧名福慧，江南籍，脱白縱晚，修爲更覺猛焉。本朝王澤弘詩：「少師靖難輔諸闈，

〔注一〕「我」，天啓刻本《紫柏老人全集》卷九作「逆」。

〔注二〕「九」，天啓刻本《紫柏老人全集》卷九及崇禎刻本《帝京景物略》卷七并作「大」。

〔注三〕「即」，清鈔本、天啓刻本《紫柏老人全集》卷九及崇禎刻本《帝京景物略》卷七皆作「熱」。

〔注四〕「玄」，原作「元」，乃清人避康熙名諱而改，今據崇禎刻本《帝京景物略》回改。

〔注五〕「前」下，疑有脱文。

尚有茅庵在翠微。宿世合爲真主佐，老來仍著舊僧衣。風飄臺瓦鼪鼯入，日冷崖墻薜荔圍。却恨江南書種絕，一時視死竟如歸。」

雀兒庵

在潭柘山後。金章宗幸此彈雀，彈發不虛。章宗喜，即行幄爲庵，曰雀兒庵。後方僧來住，以臆造佛母孔雀明王像，更名孔雀庵。然人呼「雀兒庵」如故。宣城施閏章詩：「石子鳴馬啼，夕嵐出衣帶。遥覓雀兒庵，數點歸鴉外。」宣城梅庚詩：「雀兒庵好游人稀，潭柘峰高山路微。僧房倦倚一叢竹，坐弄潺湲忘却歸。」

一音堂

明神宗時，紫柏尊者游燕，愛其幽邃，棲一音堂，或去或來者數年。語録、詩文甚多，不及備載。臨殁，有示衆語，云：「水緣深漬，〔注一〕山以高崩，此有因所致。爲善致殃，爲惡致祥，此何因耶？因自多生，凡夫不覺耳。老朽出山，山門無恙。〔注二〕汝輩遇境，慎勿驚，以因不屬汝輩故也。雪寒蔀屋，亦不惡鑊湯爐炭。苦痛呻吟，總是意樂三昧。不信，請於老漢瞑目地驗之。」康熙四十四年，監院空忍募建文殊殿於一音堂基，以殿東房三楹存舊名，供尊者像於中，示不忘也。

錦屏山

在寺前。丹崖翠壁，烟霞明滅，宛若畫障。釋實來詩：「天然一架錦屏開，不費人間智巧排。縱彼白雲全捲去，清風還未展將來。」

心空山〔注三〕

在錦屏西。舊名窟窿。山中空一洞，東西可通，〔注四〕望之若門。釋實來有「石傳聽法頭能點，山是何年心亦空」之句。

馬鞍山

在錦屏東。最高處形凹如鞍。古三山與潭柘聯屬，然惟馬鞍見於圖記，亦非

〔注一〕「深漬」，清鈔本及天啓刻本《紫柏老人全集》卷之首并作「濕燥」。

〔注二〕「恙」下，清鈔本及天啓刻本《紫柏老人全集》卷之首并有「欲不待請，主先往焉，彼必以餘事累汝等。姑待之」數句。

〔注三〕「心空山」，原脱，今據光緒本補。

〔注四〕「可通」，原脱，今據清鈔本補。

止一處。按：蔣一葵《長安客話》，馬鞍山龐涓洞兩壁皆石乳，瀝成物狀，有如繪畫。旁扃一門，啓門，以火燭之，有石如龍，沙擁爲州。一井絶深，相傳與渾河通，有人投犬於井，果從渾河流出。此山雖與渾河不遠，旁亦有空洞若門，然未有確據，姑記之，以俟詳考。龐涓洞本屬附會，不足辨也。

寶珠峰

寺後主山。層石聳立，九峰環抱。按：《帝京景物略》云：「一山開，九峰列。」《綵山集》亦謂「一山當心，九峰扆立」，則九峰之名舊矣。大興黄叔琳《九峰》詩：「九峰環簇互争雄，萬古潭龍從舊宫。鱗爪尚餘拿攫勢，一珠圓影正當中。」

瓔珞峰

在寶珠峰後。奇石纍纍，如纓絡然。有凌霄子、[注一]龍鱗等石。金陵戴瀚《瓔珞峰》詩：「叠嶂嶙峋上翠微，峰頭珠絡映烟霏。妙莊嚴相無人識，長抱空山寶月輝。」

紫翠峰

在瓔珞峰左。山腰一徑，通門頭溝、丹鳳山。按：松江周金然《度九龍山》詩：「已辭九龍山，[注二]更問他山路。山僧知我僻好奇，導入山中險絶處。」殆謂是也。潭柘無九龍之名，或即指九峰耳。蘄水王國英《紫翠峰》詩：「翠靄蒼茫曉未收，岩腰石徑曲通幽。誰將宿鳥驚飛起，烟外樵歌度遠洲。」

捧日峰

在紫翠峰前。旭日東升，霞光紫氣，璀璨林表。黄叔琳《捧日峰》詩：「曉鐘聲度白雲層，露氣冥濛冷翠凝。扶杖獨來峰頂望，四山浮黛日初升。」

迴龍峰

在虎踞峰前。舊名張飛寨。大興黄《咏迴龍峰》詩：「茲山本是神龍宅，峰勢迴龍襲舊名。無柘無潭休悵望，（見郭武詩）好教含景佩蒼青。」

虎踞峰

在捧日峰前。前踞後伏。「猛虎蹲伏岩之幽，如聞嘯谷風飀飀。舊傳頭骨致雷雨，會當縛

[注一]「凌霄子」，清鈔本作「凌霄獅子」。

[注二]「九龍」，康熙刻本《西山紀游》作「潭柘」。

取垂龍湫」。按：《東坡集》：「舊見《太平廣記》云：『以虎頭骨縋之有龍湫中，能致雨。須以長綆繫之，雨足乃取出，不爾不止。』在徐與黃試之，皆驗。」京師每亢旱，必禱雨潭柘，故借用此爲《虎踞峰》詩，并識。

集雲峰

在瓔珞峰右。青龍讓宅，潭陟峰後。雲氣翕集，時滃山谷。王國英《集雲峰》詩：「噓吸成雲氣尚腥，寒潭垂溜氣泠泠。誰知千里神京雨，猶是當年大小青。」

架月峰

在集雲峰前。每當銀河斜影，玉蟾欲下，閣在翠嶂之巔，蒼松之杪，令人心眼頓豁，形神俱忘，真絶景也。有詩：「珠斗横斜碧漢低，夜涼風露正凄凄。冥濛淡月誰留得，影在蒼松翠嶺西。」按：五臺山西臺有挂月峰，月墜峰巔，[注一]儼若懸鏡。殆與此類，偶爾成咏。

象王峰

在架月峰前。《象王峰》詩：「遠傳馴象自西天，無侣孤停翠岫巔。迴顧落花紅影在，普賢疑現六牙前。」

蓮花峰

在象王峰前。數峰環合，侵雲而起，如青蓮粲發。《蓮花峰》詩：「千岩奇秀鬱雲霞，翠崿如含玉井沙。不待山僧開梵宇，夾空自涌妙蓮花。」右四詩乃山僧所作，舊失其名。

青龍潭

在集雲峰下。[注二]紫柏大師《日暮歸自龍潭》詩：「利名非烟霞，牽人不知遠。泉石非美酒，醉我不知返。一笑出重幽，殘陽没松阪。」[注三]

印月溪

在寺前。大興黃登穀《印月溪》詩：「薄暮倚行吟，溪聲如互答。渾忘月在衣，更踏溪邊月。」

[注一]「峰」，原誤作「風」，今據上下文義改。

[注二]「下」，清鈔本作「後」。

[注三]「幽殘陽」，原誤作「殘陽幽」，今據天啓刻本《紫柏老人全集》卷十三改。

浣花溪 在寺東

碧玉溪 在寺西

歇心亭 在寺左

山徑半里許，流泉繞階，清響濊濊。憩坐聽之，發人深省。釋賢來《歇心亭》詩：「山光潭影落寒龕，日下空階睡尚酣。不是道人無個事，驢兒三脚不須參。」王國英《歇心亭》詩：「千疊峰巒上翠屏，歇心初地倚空亭。溪聲不讓廣長舌，奈此狂心唤不醒。」按：中峰和尚云：「《楞嚴》謂狂心未歇，歇即菩提；《華嚴》謂了知盧舍那，自性無所有，是如來禪。少林直指，未必如此親切。有人於此説下痛快領略，瞥轉狂心，返照自性，便爾歇去，不真何待。昔僧謁元沙，乞指個入路。沙問：『還聞溪水聲否？』『聞。』沙曰：『從者裏入。』僧領悟。非痛快領略而何？當知狂心苟不自歇，雖佛如來千百萬億種不測神變，乃至旋乾轉坤，碎山竭海，獨不能與衆生歇狂心於俄頃。此事非當人自肯休歇，自肯照了超越，則自性盧舍那萬劫，不得歸家安穩生也。」閲此警悟不小，〔注一〕請書石壁，作《歇心亭記》。

蓮花池

在寺右。紫柏大師《蓮花池》詩：「樹密無心遮日色，風微有意緩花香。當波更愛科頭坐，衣袂蕭然五月涼。」

龍泓泉〔注二〕

在歇心亭外。〔注三〕《長安可游記》云：「潭柘寺東，有泉出石罅中。黄葉白雲，繚繞其上。疏其滯葉，泉響益琤琤不絕。」

觀音洞

在寺東。不甚深，水凈苔寒，殊有幽致。

潮音洞 蓮花池上。

華嚴洞 象王峰北。

梅花洞 華嚴洞西。

桃花洞

蓮花峰北。李天馥《桃花洞》詩：「過橋山更幽，流水響山澗。四顧無桃花，時有桃花瓣。」

〔注一〕「小」，原漫漶不清，今據光緒本補。

〔注二〕「泓」，清鈔本作「吟」。

〔注三〕「外」，清鈔本作「下」。

〔注一〕「西」，清鈔本作「右」。

〔注二〕「訢」，原誤作「新」，今據崇禎刻本《帝京景物略》卷七改。

〔注三〕「從來」，原誤作「遍從」，今據康熙刻本《世恩堂詩集》卷六改。

〔注四〕「穩」，原誤作「想」，今據康熙本《青箱堂詩集》卷一改。

懷遠橋 山門前。

接翠橋 紫竹禪院西。〔注一〕黄《咏接翠橋》詩：「聲清别院静，深竹鎖雙扉。不見迴橋影，渾疑接翠微。」

問津橋 觀音洞西。黄登穀《問津橋》詩：「竹房清不寐，雨聽徹秋宵。和月開窗看，寒泉落澗橋。」

仙人橋 江家凹上。

摩天壁 新房村東。「摩天峭壁疑無路，流汗頳肩憫僕夫。却憶吴山登眺好，畫船載酒盪晴湖。」此首甲寅秋陪座主北平公游潭柘作也。公偶話及天下法螺之游，偶占此詩，附識於此。

羅睺嶺 寺東十五里。從下院入山必經之，道路頗險仄。宛平尹王君國英修治之，有《修道碑記》。

明郭武《羅睺嶺》詩：「樵林者誰子，悲歌入雲磴。三步兩迴坐，誰能健馳騁。辛苦輸官薪，動即加鞭打。何繇訢真宰，〔注二〕鏟削開路梗。永通車騎行，此理亦僥幸。」王項齡《羅睺嶺》詩：「往來兩度羅睺嶺，磴滑岩紆馬足疲。敢許林泉游屐遍，從來丘壑散人宜。〔注三〕棗林霜打枝枝禿，柿葉風摇顆顆垂。帝里山川看洵美，登臨還恨到來遲。」勵廷儀《羅睺嶺》詩：「不耐羅睺嶺，峰巒變幻中。行人隱復見，石磴曲還通。舞蝶近人面，嬌花艷野叢。前途渾未辨，迢遞問山翁。」梅庚《羅睺嶺》詩：「嶺路巑岏策馬遲，繁花滿谷少人知。春風盡日愁無賴，誰把瓊簫背客吹。」黄叔琳《羅睺嶺》詩：「度嶺盤盤咫尺迷，十峰還合碧雲低。疏林半脱蕭蕭葉，遥見斜陽古寺西。」

凌壁峰 疑即摩天壁也。見王崇簡詩，録以備考。王崇簡《自戒壇至凌壁峰》詩：「路疑無穩步，〔注四〕高峰生遐想。登登無徑從，目與心相恍。樹老風自寒，雲起溪欲響。崩冰敲峭壁，疏花綴嵣嶙。我侶同遠懷，悟异欣所往。所往無暇日，一步一欣賞。趺坐古石根，心胸忽清朗。」

潭柘十景

平園紅葉　九龍戲珠

千峰拱翠　萬壑堆雲

殿閣南薰　御亭流杯

雄峰捧日　層巒架月

錦屏雪浪　飛泉夜雨

内十三村

平園村寺前一里許。秋林紅紫，爛漫如綉。西南有洪恩寺。「平園紅葉」爲潭柘十景之一。〔注一〕

新房村寺前三里，爲游山必經之道。東有古廟。

魯家灘寺南八里。

南張家莊

東張家莊

北張家莊俱在寺東南十餘里。莊後有昭慶寺。

桑峪村寺東三里。東有觀音洞，北有廣慧寺。

龜石村寺西四里。村後一石似龜，故名。

元寶園寺西五里。北有小庵。

賈家溝寺西五里。

曹澗水寺西六里。有小廟。

趙家臺寺西十餘里。

崗子澗寺東南九里。村民剛勇，明季，奉旨分徙各村。

〔注一〕「葉」，原誤作「樹」，今據前文「潭柘十景」改。

外十三村

岢嵐頭 寺嶺東十五里。有西峰寺、三教庵。

石廠村 寺東南十八里。有十方院。〔注一〕

何家莊 寺東南十六里。有圓照寺。〔注二〕

石門營 寺東南十八里。

梨園莊 寺東二十五里。有奉福寺常住下院。進香游山者住宿於此。

小園裏 寺東南二十二里。

王家村 寺東二十三里。

新城村 寺東二十五里。〔注三〕

卧龍岡 寺東南三十里。

上岸村 寺東南二十五里。

橋户營 寺東二十五里。

曹家莊 寺東二十六里。

馮村 寺東南二十三里。

〔注一〕「十方院」，清鈔本作「圓照寺」。

〔注二〕「圓照寺」，清鈔本作「十方院」。

〔注三〕「五」，清鈔本作「八」。

續刹潭柘山志略

清·釋義庵　纂

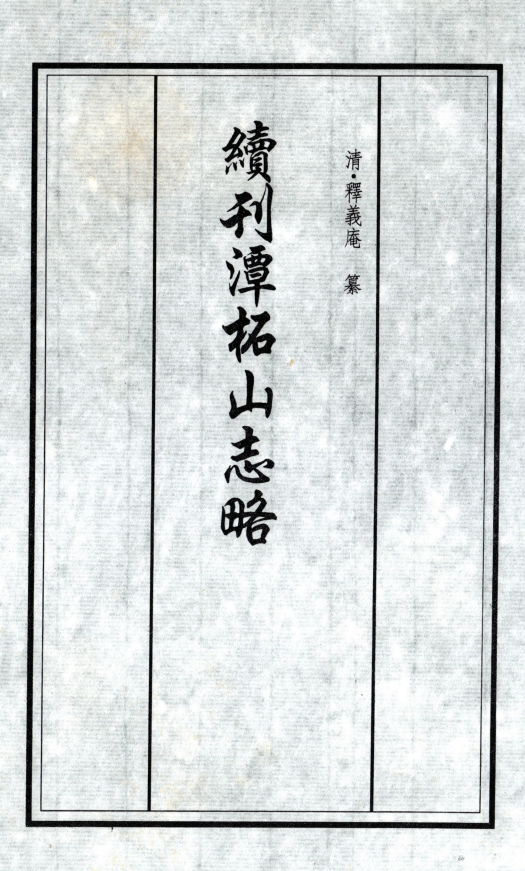

續刊潭柘山志略序

潭柘岫雲寺，背倚深潭，面拱群峭，華嚴祖師故道場也。古佛應緣，神龍護法，自開梵宇，歷住名流。逮我大清康熙二十五年，天下承平，聖人崇尚佛法，特選僧振寰住持此寺，是爲中興第一祖。迄今幾二百年，傳十有七代。衣拂相襲，教律兼宏，祖行宗風，賴以不墜，甚盛事也。今年夏，義庵以避囂來此山，清心念佛，冀消幻業。禪誦之暇，法叔慈雲大師出《山志》見示，僅到五代，下則闕如。而第五代復無行實傳燈之義，謂之何哉？訝而相問，大師憮然曰：「老僧有志未逮，子適來此，不可謂無緣，盍爲我成之乎？」義庵以不文謝。大師曰：「不惟其文，惟其實也。子何拘於是？」詳詢尊宿，博訪遺聞，據事直書，不假修飾。稿既脱，謹述其梗概如右云。

時光緒九年歲次癸未七月佛歡喜日勞山賢宗後學

義庵拜撰於潭柘山弘仁閣南窗下

光緒乙酉季春游潭柘山岫雲寺

集唐句古近體詩八首

和碩恭亲王

由奉福寺度羅睺嶺至潭柘山岫雲寺宿延清閣喜而有作

深嶂多幽境，朱慶餘 直入如來地。僧寒山詩 蕭疏松柏陰，張九齡 清磬度山翠。崔峒 偓佺空中游，儲光義 毫髮顧無累。崔湜 隨山到水源，劉長卿 禪侶欣可庇。顔真卿 問我來何方，杜甫 怪我苦何事。杜牧 豁然神機通，王昌齡 思問楞伽字。韋應物 行心佛證安，裴説 機宜聞不二。沈佺期 心能向物空，李建勳 如如數冥昧。盧照鄰 歸依彌勒前，僧鳳 笑破人間世。司空圖 眇然多异感，姚係 萬事有何味。〔注一〕孟郊 伊余孤且直，鄭世翼 本無榮辱意。張籍 坐讀養生篇，劉得仁 善哉遠公義。崔顥 狂題幾首詩，項斯 步虚清晚籟。權德輿 天地入醺酣，陸龜蒙 忽忽醒還醉。白居易

松竹幽清禪房與慈雲上人静話

如幻如泡世，韋莊 元關詎有扉。〔注二〕陸龜蒙 静居青嶂裏，婺州山中人。時見白雲飛。僧拾得 終日淡無味，李白 忘情同息機。錢起 鶯花啼又笑，李商隱 道我是耶非。白居易

〔注一〕「眇然多异感，萬事有何味」，光緒本《萃錦吟》此二句與其下「伊余孤且直，本無榮辱意」互乙。

〔注二〕「元關詎有扉」，光緒本《萃錦吟》此句與下文「忘情同息機」互乙。

瞻禮大雄殿毗盧閣楞嚴壇觀音殿諸勝境

春去春來有底憑，李紳 雨餘楊柳暮烟凝。劉滄 世情已逐浮雲散，蕭靜 山色牽懷著屐登。卞震 仙樂拍終天悄悄，雍裕之 繞廊行處思騰騰。韓偓 對持真境應無取，楊巨源 願得身閑便作僧。李涉

延清閣夜坐閑咏

堂懸金粟像，僧貫休 薝蔔自成林。劉禹錫 綺閣雲霞滿，袁恕己 禪房花木深。常建 春烟生古石，張説 皓月吐層岑。宋之問 有興時開卷，戎昱 無妨到曉吟。許棠

猗玕亭小酌

高步尋蘭若，上官儀 人間事倦聞。僧齊己 空山惟習静，宋之問 勝地絶塵氛。僧無可 卧石鋪蒼蘚，蘇頲 思詩贈白雲。盧照鄰 竹深留客處，杜甫 鳥語亦殷勤。孫魴

留岫雲寺

梵林遺址在松蘿，袁皓 楊柳垂絲烟倒拖。唐彦謙 新水亂侵青草路，雍陶 石梯深入白雲窠。李習 世間甲子須臾事，許渾 細念因緣總是魔。白居易 莫怪臨風惆悵久，徐鉉 教人無奈别離何。張謂

藥師殿乞藥

洞壑仙人館，沈佺期 侵窗竹影孤。李中 病身惟輾

轉，喻鳧灌頂遇醍醐。盧綸世事空名束，獨孤及詩魔未肯徂。韓偓囊中有靈藥，僧齊己能乞一丸無。劉禹錫

曉發岫雲寺微雨至戒壇

碧嶂插遥天，太宗皇帝薄烟横絶巘。駱賓王其上有仙壇，元結雪路侵溪轉。僧清江石棧夤緣上，柳宗元乘興不覺遠。李白絶頂一茅茨，邱爲空林對偃蹇。王維春風細雨飛，僧栖蟾百花已滿眼。獨孤及合有羽衣人，吴融迎我笑而莞。韓愈心净琉璃光，李頎路穿天地險。白居易自得無端趣，鄭谷世緣從此遣。錢起

乙酉秋日重游岫雲寺再集唐句十首

由京起程宿奉福寺

空山獨夜旅魂驚，杜甫虚谷迢遥野鳥聲。張説自是宿緣應有累，羅隱兼疑陰騭也難明。秦韜玉秋風南陌無車馬，羊士諤竹杖紗巾遂性情。崔峒欲問《參同契》中事，白居易還因白石號先生。皇甫冉

度羅喉嶺至潭柘山岫雲寺仍用前韵

流年堪惜亦一作又堪驚，趙嘏又聽西風墮葉聲。僧齊己一洞烟霞人迹少，韋莊衆山摇落月偏明。徐凝謝安不倦登臨費，杜甫莊叟元談未及情。張泌欲識蓬萊今便是，周朴無如此處學長生。崔顥

延清閣曉望

庭廓雲初捲，僧寒山 秋晨景氣醒。韓愈 風塵終不解，杜甫 詩思在無形。僧齊己 明月松間照，王維 寒鐘竹裏聽。唐求 幽深紅葉寺，雍裕之 甘露洗山青。宋之問

松竹幽清禪室與慈雲上人夜坐閑咏

松間樓裏月，僧無可 雨息夜無塵。張説 地角天涯外，僧貫休 祥雲瑞靄一作露 頻。裴説 不辭山路遠，張九齡 來訪竹林人。駱賓王 菊散金風起，太宗皇帝 詩成覺有神。杜甫

延清閣雨夜吟

峰前峰後寺新秋，賈島 細草香飄小洞幽。韓翃 石瀨雲溪深寂寂，權德輿 寒窗凉雨夜悠悠。牟融 物情多與閑相稱，劉威 事往還將水共流。羅隱 禪伏詩魔歸凈域，韓偓 元珠仍向道中求。許渾

大雄殿禮佛飯僧偶成

昨日小樓微雨過，殷堯藩 天香桂子落紛紛。白居易 老僧心地閑於水，趙嘏 古殿秋深影似雲。温庭筠 物象自隨塵外滅，楊衡 風泉祇向夢中聞。僧良乂 爐烟乍起開仙仗，皇甫曾 鸜鵒晴林采毦分。沈佺期

重陽前一日瞻禮舍利塔大悲殿

飛塔雲霄半，劉憲 憑高御北辰。趙彥昭 歲華空復晚，劉方平 風物入題新。僧齊己 樹樹皆秋色，王績 年年濯客塵。杜荀鶴 明朝是重九，白居易 花月解留人。張謂

九日登毗盧閣遠眺倒押前韵

性拙難趨世，許渾 非通非介人。黃滔 山川亂雲日陳子昂 衰邁久風塵。杜甫 浪迹花應笑，韋莊 流連意更新。韋應物 三秋异鄉節，白行簡 聊以慶佳辰。明皇帝

慈雲上人以《菜根譚》見示因成一律

高歌北山北，僧貫休 高枕南山南。孟浩然 筋力年年減，白居易 烟霞處處諳。杜牧 才疏惟自補，陸龜蒙 身退道彌耽。張九齡 竟日風兼雨，李郢 難忘燈下談。賈島

由山寺起程回京留別慈雲方丈

身退謝名累，邱丹 愚蒙但隱淪。杜甫 遽欣陪妙躅，王勃 深感浩難申。盧綸 迢遞雙崤道，孔紹安 蕭條一旅人。李花開 殷勤故山路，姚合 無奈別離頻。皇甫曾

潭柘岫雲寺中興第五代本然明壽律師《山志》不載實行，今依《燈譜》補之。

師直隸順天府房山縣杜氏子，幼依普濟寺休如師祝髮。康熙四十年四月八日，圓具戒於潭柘止安和尚座下，即爲本山引禮。研究五篇七聚并

諸律部，理解超然，儕輩罕有及者。

後德公和尚請爲首座，進尊證位，十有六年。至洞公繼席，又爲教授，爲羯磨。凡規式叢林，模範後學，無不克盡厥職矣。維時適逢和碩康親王來山避暑，一見師，深器之。時詣所居談道妙，退輒語人曰：「本公實而不華，真純品也。」繼而洞公將以重任授之，猶恐其忍力不堅，乃伺其以事出山，故參錯其日，謂之過期，於歸時徹座鎖寮，大加屈辱。師怡然受之，不嗔不辯。洞公始信其爲入室真子，因屬以方丈事。師之居丈室也，不立侍僧，不使行童，凡香爐茗碗，洗滌瓶鉢之事，皆躬自料理。檀越慕其品高欲師，一過其門不可得也。其慎重出入如此。一日無恙，忽集衆曰：「我時至矣。汝等當念光陰迅速，人命無常，趁此强健，努力修行，以求度脱。毋致末途，追悔莫及。今將方丈事付毓安闍黎，大家念佛，助我西歸。」遂合掌而逝。

師生於康熙庚戌年八月十五日子時，寂於乾隆丙辰年三月十九日酉時。世壽六十有七，坐夏三十有五。塔全身於錦屏山新房村南塔兒崖。

是爲潭柘第五代律師。

潭柘岫雲寺中興第六代毓安源福律師

師直隸真定府新河縣王氏子，幼依本邑地藏庵護生慈公祝髮。康熙四十二年四月八日，圓具戒於潭柘德彰和尚座下，即依本山學律。次爲首堂、引禮，閱四期，爲西堂，進尊證位。未幾，復請爲監司，内外大小事，悉盡心布置，大衆二時粥飯，〔注一〕皆同典座如法調理。至師所得經懺嚫貲，積至五兩，即設齋供衆，以是常住上下，咸謂師於過去生中早得布施波羅密，故能再來無纖毫慳吝心。

康熙六十年，洞公主席，師鞠躬輔弼，與德公時同。雍正三年，〔注二〕本寺教授乏人，衆推師，師力辭讓賢，而以朝海請。洞公知其志不可强，乃聽暫往，權請沙河天水法師代之。洞公不以本寺職事代者，意蓋有待於師也。明年春，師歸自南海，有京都廣濟律院專啓到山，請師爲教授。師辭再三，不獲已。應其請，爲客期教授，仍居本山尊證。越兩期，天水法師去，師補教授職。雍正六年，洞公示寂，本公繼席，進師爲羯磨。至乾隆

〔注一〕「二」，原誤作「一」，今據清刻本《律宗燈譜》改。

〔注二〕「三」，原誤作「三十」，今據清刻本《律宗燈譜》改。

元年，本公將西歸，集兩序，以方丈事囑之。師繼席後愈謙謹，與衆同甘苦，每遇坡事，必身先之。見衆中有單薄者，多方周濟，務令得所。至於接待十方禪侶及本山弟子，惟以本分修行、脚踏實地者爲重。己未歲，欽賜本朝《龍藏》一部。辛酉春，監院琮璋大師於京城内外募化，大起龍華三會，遍請五十三參。緇素雲集，法財兩施，一時過堂，常有千衆，洵曠劫希有之勝緣也。夏五月，道場圓滿，師以歷年勞瘁，致染沈疴，累月不痊。凡僧俗弟子問訊起居，惟以「身爲苦

本，各自努力，幸勿顧我」戒之。〔注一〕至十月二日，沐浴更衣，跏趺端坐，默然三日，安詳而逝。始知師之卧病數月，乃以病行示人也。

師生於康熙十八年己未四月二日，示寂於乾隆六年辛酉十月五日。世壽六十三，僧臘三十九。奉全身塔於本公塔之左。是爲潭柘第六代律師。

潭柘岫雲寺中興第七代恒實源諒律師

師直隸河間府東光縣侯氏子，六歲依吴橋縣三元庵釣一師剃染。康熙六十年十二月八日，於

〔注一〕「顧」，清刻本《律宗燈譜》作「類」。

潭柘岫雲寺德彰和尚座下圓具戒，依本山學律。

至雍正元年癸卯，德公命爲引禮。師範新學，朝夕不怠。六年戊申，肢體疲倦，舉動維艱。至大慧寺住靜，少愈即歷諸禪講，鍛煉身心。所至之處，機緣不契。九年辛亥，歸本籍居止。因念病苦糾纏，多緣宿業深重，遂自設壇，朝夕禮《大悲懺》，默求垂護。十三年乙卯，身始健壯，朝五臺，禮文殊。回京，值潭柘啓建龍華大會，師赴之。時本公主席，留爲引禮。乾隆元年丙辰，本公遷化，毓公繼席，師由引禮遷教授。己未，進

羯磨。辛酉冬，毓公示寂，師主法席。

癸亥春，裝潢欽賜《龍藏》，工畢，開閱藏道場，恭請八大菩薩。甲子春，上幸本山，臨視莊嚴整肅，供品明潔，天顔大悦，賜供銀二百金、匾額九、楹聯二、詩二章、幅子一軸、琺琅五供一堂。乙丑秋，又建無量壽會。十五年庚午，復於下院翊教寺建龍華大會，請五十三參。道場之勝，與前無异。二十年乙亥，監院琮公感念老病無依，與人爲善，行化十方善信，於山門外左畔建安樂延壽堂一所，收養老病。二十二年，工竣，建念佛

開光大會，勒碑刻銘，昭示不朽。二十五年庚辰，朝南海以了夙願，既歸，遂不復出。二十九年甲申，皇上駕幸山中，歡喜倍前，賜護身佛一尊、金剛經塔圖二軸、供佛齋僧銀三百金并御書四額。皇太后賜琺琅鍍金供器二十五事。此更難逢之盛也。師爲人寬裕温厚，不矜不忌，雖新戒弟子、作務行人，莫不愛之如親眷。屬院中瑣事，一任職事經理，從不介意，所謂海納山容者也。

師生於康熙三十七年二月六日，寂於乾隆三十年四月二十日。世壽六十有八，戒臘四十有五。奉全身塔於蓮花峰祖塔之右。是爲潭柘第七代律師。戒弟子善學拜述。

潭柘岫雲寺中興第八代静觀圓瑞律師

師山東濟南府歷城人，依本邑慧福寺還一師剃染。受具戒於潭柘洞祖座下，即依止學律，歷三寒暑。

時調公住萬壽寺，道法大振。師往參之，尋進堂結制，專心本分。解制後，復參觀音嵩法師，聽講《法華》諸經。凡日課有不足者，每於佛前琉璃燈下補之。嵩公悉其誠篤，遂印可焉。後遇世宗憲皇帝重修《龍藏》，師被選入藏經館。三年既竣，猶歷參都中諸大名刹。至甲寅，值同戒琮公爲潭柘監院，力挽回山，任西堂兼引禮職，繼遷尊證。及琮公辭闍黎，師進位教授。丁卯歲，補闍黎。壬午春，偕琮公南禮普陀，謁舍利於阿育王寺。

歲乙酉，恒公示寂。時莊親王兼僧録司事，爲之轉奏。師奉旨繼席，閤寺僧衆皆以主持道場得人爲慶。師登猊座後，兢兢業業，益自勤慎。凡叢林之規條，遵守毋越，而於衆僧之慧命，尤加意焉。且監院琮公年雖就衰，而輔弼之心益堅，以故潭柘道法之盛，春冬戒期之廣，衲子景從之衆，信施資助之殷，誠諸方所罕覯者也。然方興未艾，後此之功行難以逆舉，而述其梗概，固已推爲一代之律師矣。

以上四代和尚行實，今從《律宗燈譜》録出，以補《山志》，永遠流通。

京都潭柘岫雲寺監院琮璋來琳法師

師順天宛平縣張氏子，幼依京北龍母宫祝髮。及長，仰潭柘律法大振，遂詣山，於洞祖座下受具戒。潛心律學，不避寒暑。時岫雲屢遭歲歉，間以秫粥過堂。師膺知客職，見大衆有不能下咽者，師憫之，乃發心置買香火地畝。繼聞西方寺不二法師道冠都中，師下山聽講《楞嚴》，偶以疾不能隨衆。不公知師緣不在此，勉其還山，以輔祖庭。復授以《菜根譚》書，令其細心玩味，應答事緣，自有把柄。師領受不忘。復參迦陵、調梅二宗匠，機鋒迅利，洞澈本原，爲二老所稱許。值岫雲監院印公力挽回山，師不獲辭，復膺知客兼引禮。自來岫雲舊規，監院、知客兼理内外諸務。師悉心籌畫，事必躬親，雖勞不倦。時洞祖示寂，本祖繼席，印公建龍華大會，莊嚴陳設，師之力居多。此乾隆元年事也。歲己未，本祖示寂，毓祖繼席。毓祖機教嚴厲，每以揵椎加之，師受之無難色。至壬戌，毓祖示寂，本戒師恒公繼席。未幾，印公亦西逝。恒公性情渾樸，不以瑣事縈懷，由是進師監院，一切事務，悉以委師。相信益深，盡心益力。不數年，殿堂寮舍，百廢俱興，岫雲名勝遂甲於畿内矣。師念印公夙願未滿，復建龍華三會，裝潢《龍藏》，恭請五十三參，仿善財故事。一時香花絡繹，海衆雲臻，盈萬餘指。

甲子歲，皇上臨幸，覽山水奇秀，道場精嚴，知爲師所布置，賜匾，賜對，賜詩。宸章燦爛，輝映泉石。欽命佛樓各道場内一切陳設，悉以師總理。師又覲禮五臺，以夏季開山，朝山者恒苦饑渴，於是施茶接待，力行三年。所感種種靈异，事載《清凉山志》。當是時，岫雲闍黎虚席，合院請師由教授升闍黎。教戒後學，精勤無倦，而承其教者悉中規矩。師以潭柘祖規，職闍黎者即繼法席，乃遜謝退位，仍專理監院事。蓋心存行門，不以名位先人也。又念十方緇素窮苦無告者，殊堪悲憫，於寺左建安樂延壽堂，俾得以次就養。師猶朝暮入堂，導衆念佛，以修净業。丁丑歲，堂成，建無量壽會。維時復有和碩莊親王爲之記。又增置是堂養贍地，以貽永久。直隸總督方公爲之記。

庚辰歲，自念年力就衰，夙有朝海之願，遲恐不能待也，遂白方丈，辭衆南下。時有王公大人欲酬願於普陀者，多以資助，屬其代爲舉行。復以餘資於江浙名山大刹供佛飯僧。又於杭之净慈寺修濟公塔，立五百尊者名號牌。及歸，過廣陵鹽運使高公，留瓶鉢於慧因寺。度夏，延師送佛於寶華拜經臺上供奉，事竣還山。是冬，於萬壽寺啓建祝延皇太后萬壽道場七晝夜，復於九處設粥濟貧。嗣是以後，冬三月，例於本山下院二處施粥。本山舊規，凡求戒者，不受香儀，惟自備香燭牒録之資。自是冬，師皆代備，以爲例。師后欲辭監院職，恒公弗允，因命知客亮修副之。又重修大悲壇，吉林德公爲之記。

甲申歲，皇上復幸山中，天恩叠沛，次前韵詩一章，齋銀三百金，玉佛寶塔一座。皇太后賜供器一堂。際遇之隆，真曠代所希有也。師自理院事後，增置香火地二百餘頃，雖資出十方，亦由師感人所致。復蒙户部準作香火地畝，以貽永久，而吉林德公復爲之記。師亦可謂有志竟成者矣。

歲乙酉，恒公示寂，静公繼席。師與静公同壇秉戒，輔弼之心較前尤篤。於是重修楞嚴壇，莊嚴陳設，焕然一新。庚寅歲，皇上巡幸京南，長蘆鹽運使延師至天津，建萬萬壽道場七晝夜。辛卯春，皇上復幸，東省鹽運使西公又延至泰安，建萬壽道場。當登岱岳之巔，天空海闊，若置身雲表，其胸次有難以擬議者。

師生平戒行精嚴，廣行利濟，如飯獄囚、齋行旅、印經文、施棺木，種種善事，不可枚舉。且輔弼常住，凡歷五世，垂四十餘年如一日，誠四方衲子所宜觀法者。雖譜中無方丈位者概不立傳，而師乃避位真修，其行實有超乎尋常萬萬者，顧可聽其湮没不彰乎？因歷述之。戒弟子善學拜撰。

此師實行亦從《燈譜》録出，以補《山志》，而示來賢云爾。

潭柘岫雲寺第九代静海印徹律師

師生於辛丑年十一月二十六日，直隸順天府薊州人。幼依本州關帝廟福餘師祝髮。乾隆八年四月初八日，圓具戒於潭柘山恒實和尚座下，即習律於本山。遵五夏之制，嚴净毗尼，威儀不忒。五篇七聚之文，爛熟於胸中。八萬四千之行，實徵諸踐履。見者咸以道器期之，曰：「异日傳木叉、宏軌則、續祖燈者，殆此人歟？」一歷膺要職，位至羯磨。輔弼叢林，開導後學，聆其教者，無不暢滿而去。

嗣值静觀和尚圓寂，大衆共推即方丈位，因示衆曰：「本山自中興以來，衣鉢相傳，至印徹已九代矣。悉依戒律爲根本，念佛爲指南，矩矱精嚴，工夫邃密。仰承列祖之餘暉，坐受十方之信施，各宜勉力行持，庶幾一生事辦。勿想黑山鬼窟裏作生活，囥地一聲，明心見性，即得成佛。此火内生蓮，古今有幾者？豈不聞永明壽禪師云：『有禪無净土，十人九差路。陰境若現前，瞥爾隨他去。』又云：『無禪有净土，萬修萬人去。但得見彌陀，何愁不開悟。』夫以壽禪師之宗鏡圓明，機鋒迅利，而開示後學猶汲汲於念佛法門，則知禪不如净土之直截了當，萬無一失耳。」於是師自踞法座，專以純修净業，廣闡毗尼爲己任。得度弟子多而且賢，類能不隳其業。

追師化緣畢，顔色頗不怡，忽猛力念佛，安然而逝。謂非夙根深厚，乘願再來，能如是之自利利他，去住無礙乎？塔建本山南塔院。爲潭柘第九代律主。

潭柘岫雲寺第十代了然行修律師

師直隸順天府宛平縣籍，丁未年生。弱冠即厭塵俗，决志出家。嗣父母爲納采，遂遁山林隱匿，尋從彌陀禪院超塵師剃染。乾隆十三年臘月八日，圓具戒於潭柘山恒實和尚座下，遂於本山學律。調煉身心，遵循規矩，於五分法身、無作妙色，冀有所自而生焉。尋擢引禮、知客，從無愆忘，衆皆刮目。復由監院、尊證而任教授、羯磨，已桑榆暮景矣。所謂大器晚成者非歟？

及静公示寂，衆心共戴，請踐法席，不得已俯從衆望。肩荷重擔，嘗曰：「趙州八十行脚，猶能眼爍大千。吾今坐食現成，獨不能毅然而率衆乎？」由是淬厲精神，凡所應作，以身先之，大衆莫不感奮。詎意僅歷寒暑而法幢將傾。一日，忽覺幻體沈重，知時已至，遂唤侍者沐浴更衣，端坐集衆，遺囑諄諄，以未傳戒法爲愧。大衆對以即時開戒，以償師願。遂合掌念佛，瞑目而去。

嗚呼！時不待人，生死關頭，誰能幸脱，真可畏也。學道之士宜深思之。師化去日，顔色如生，知禪定之力深矣。享世壽八十有餘，茶毗後建塔本山。爲第十代律主。

潭柘岫雲寺第十一代月朗海亮律師

師生於甲子年，山東濟南長清縣。童年聰慧過人，凡有所教，服膺弗失，見者异之。及長，即思披緇脱俗。見僧輒喜，願追隨於左右。因父母在堂，不忍去，因循者久之。一親没，喪葬事畢，遂禮本邑靈岩寺至誠師祝髮。

乾隆二十八年冬，自腰包至京，詣岫雲寺恒實律師座下圓具戒。專心律儀，五夏安居。律儀既明，思聽教義而參禪理，遂負笈至舍衛大城，凡弘宗演教之區，陶煉後昆之匠，無不遍歷而領奥旨。尋歸山中，揀静室潛居，有終焉獨善之志。奈執事乏人，不容不出，此正所謂「果熟馨香難藏隱，自有龍天擁出頭」也。

師屢任要職，徑階兩寮，匡扶律門，翊贊教化，致感人天歡忭，諸緣輻輳。詎意了公示寂，四衆請師繼席。因受了公顧命之重，先傳戒法，廣度沙彌，了了公未了之心願，振律宗千古之徽猷，師可謂善繼善述矣。爾後安居辦道，傳戒度僧，率由舊章。歲無虚度，得戒弟子千有餘指，籌室幾滿。而寂滅現前，忽示微疾，泊然西歸。衆奉全身建窣堵波於本山南塔兒崖。是爲潭柘第十一代律主。

潭柘岫雲寺第十二代永壽廣福律師

師生於乙酉年八月二十七日，直隸河間府阜城人也。幼不茹葷，性厭塵俗，懷出家之志非一日矣。忽脫俗時至，得禮天齊廟明天師祝髮。因質魯，僅持半偈，復事田疇，非性所甘。遂辭師，遠赴潭柘，禀尸羅於靜海律師座下，時乾隆四十八年十二月初八日也。復以經卷少諳，願服勞，遂執役厨下。淘米去砂，高風繼夫盧老；搬柴運水，苦行效夫寒山。嗣充典作，調和六味，供佛齋僧，必潔必精，不厭不倦。然雖日勤於厨務，仍不懈於真修。忙裏偷閑，專以念佛爲主。故十方嘖嘖，謂之菩薩再來。

一日，忽著衣告假，願禮五臺。行至中途，遇一老僧扶杖而來，鶴髮童顔，龐眉深目，向師詰：「何來？」曰：「潭柘來。」「何去？」曰：「禮文殊去。」老僧曰：「天將暝矣，請荒庵一宿，何如？」師欣然隨至一寺，茅屋數椽，亦甚清潔。茶飯畢，相對促膝。老僧曰：「觀師福相光明温潤，當有大因緣至。仍在本山，爲期不遠，莫外馳求，徒費草鞋錢也。宜急返錫。」翌日別僧，仍尋舊路，行不數武，回望而寺已杳。老僧殆菩薩化身，爲師指迷歟？師嘆息不已，遂歸本山，執役如故。未幾，月公西歸，本山祖規應闍黎即位，而闍黎以目疾未痊，難作人天眼目。遜之教授，而教授以才德未備，莫振古祖家風。彼此揖讓，一寺無主。有僧挺然出曰：「二師不居大位，宜另選賢者。倘權宜不達，固執成規，則提唱無人，焚修奚賴？厨下典作師，再來人也，才雖未裕，德實有餘，足以仰繼前型，俯開後學，何不請證尊位，以爲山門主？」衆從其論。於是備香花，鳴鐘鼓，齊集厨下，請師繼位。師方朝陽補衲，不知所以。衆以實告，師默念「因緣至矣」，遂允所請，繼席名山，爲仁厚主。

噫！天下講席，星羅棋布，而典作踐高位，未之前聞。豈知行門之下，内秘終當外顯，特不至其時，則人不知耳。故曹溪負舂，雪峰司飯，潙山典食，徑山洗籌，百丈不作不食，壽昌終身力耕，往哲遺徽，《傳燈》備載。學者習焉不察，遂以執役服勞爲分外事，豈非俗眼？

師莅重任以來，佛心爲心，苦行是行，從不以善知識自居。居恒日中一食，身未嘗離衣鉢。且也足不履長者之閾，衣不沾尼寺之塵。戒行清净，皎若冰雪。至以時傳戒，普度沙彌，逐日念佛，誘引諸子，蓋二十餘年如一日焉。

忽染微疴，自知時至，默然念佛，三日而逝。大衆悲哀，聲震林木。闍維之後，收取舍利多粒，由是咸知師净因圓滿，法身堅固，非泛常所可及也。視彼撑拳竪臂而墮落於口頭禪、弄月吟風而汩没於文字障者，其華實之相去，殆不能以道里計，後之人宜知所取法矣。奉舍利建塔於本山。爲十二代律主。

潭柘岫雲寺第十三代西峰印吉律師

師山東濟南府濟陽縣盧氏之子，父諱正宗，母楊氏，皆深信三寶，行諸善事。師生，頭角岐嶷，迥异凡童，見圓頂方袍者輒欣然樂從。父若母知有夙因，不忍以塵事羈累，稍長即送本邑長壽寺，從弘亮師披剃。性穎悟，授以儒書佛經，過目輒成誦，若夙習者然。衆咸异之，以爲再來人也。

年二十，詣西山岫雲寺靜海和尚座下圓具戒，時乾隆六十年冬也。讀《梵綱經》，研毗尼法，五載中跬步無所虧。繼思聽教參禪，宜遵五夏之訓，不可躐等而進也。遂負笈至嘉興寺，燦公一見奇之，即授以堂主之識。尋燦公講《法華指掌》。此經爲闡教禪師注疏，文簡義賅，學者讀之，若指諸掌也，故以「指掌」名。師聽講既久，始知佛爲一大事因緣，出現於世，開示衆生，欲令悟入佛知見。故夫佛知見者，即吾人固有之知見。第從無始以來，爲情塵錮蔽，失却本來，遂至流浪生死，無有了期。非佛發慈悲心、運廣長舌，則蕓蕓之衆，又安知勤而習之，神而明之，出火宅而造安居，復見本來面目乎？師於是曉夜研究，深得法喜。嗣聞崇壽寺祥座主開演《楞嚴》，復踊躍曰：「三乘即是一乘。慈父之善誘，幸得聞矣。七徵八還之妙義，詎可交臂失之？」因詣座下諦聽，而名言奥旨，日灌漑乎靈根，頗有怡然渙然之趣。後以參禪之願不果，隱居阜城門外慈悲院地藏王庵十有餘年。觀佛法衰微，人心偷薄，有終焉之志。

迨丙子秋八月，得戒之常住理事乏人，爲永

壽和尚挽回山中，料理院務，兼教授職。訂正規模，整飭綱紀，百廢一時畢舉。尋轉羯磨，維持法席，由是諸山法侣莫不景仰，以爲將來續鴻規、張梵網有人俟。復授本師洪老人衣卷，爲南觀音堂上傳賢首、慈恩、性相兩宗第三十二世焉。

至道光十六年，本山永公謝世，師繼席領衆。因平素有威可畏，有德可仰，故一寺肅然，無敢放逸者。其於傳戒、安居、講經、念佛諸事，率衆行持，以勵真修，始終無怠。至二十八年正月二十日，略染微疾，不思飲食。召衆囑以後事，言訖而去。

師生於乾隆丁酉歲六月初五日，享世壽七十有三，戒臘五十三冬，法臘二十二夏。衆奉全身建塔於本山。爲岫雲堂上第十三代主。

潭柘岫雲寺第十四代壽光源祝律師

師生於甲寅年，世居直隸順天府順義縣。髫齡厭俗務，誓志出家作佛弟子，遂投本邑關帝廟禮静然師祝髮。

嘉慶十九年冬，依潭柘山永壽和尚座下禀受尸羅。謹遵五夏之制，嚴净三業，於三千威儀、八萬細行，無不因端竟委，曲暢旁通。嘗曰：「無上菩提道應以戒爲本。本立而道生，不獨儒者爲然也。今時學人纔知戒品、律儀，猶未深諳，便去聽教參禪，譬如未升堂即思入室，豈可得歟？」師秉性直諒，戒律精嚴，由引禮以次遞升位至羯磨，輔佐律門，模範後學，從無過失。

至道光二十八年正月，西峰和尚應化已圓，斂身入寂，潭柘一席推師主之。師雖居高位，猶在學地。每施食，自以梵音高亮，謹遵古式，不減不增。不如法者，輒重懲之，無所徇。用是清規嚴肅，不肖者畏之如烈日嚴霜。嗣以事事躬親，

積勞成疾，遽爾撒手西歸。世壽五十九歲，時在咸豐二年。荼毗後本山建塔。爲十四代主。

潭柘岫雲寺第十五代心純真常律師

師生於嘉慶丙子年九月二十九日，山東濟南歷城縣李氏子。父延齡公，母劉氏無子，因持齋奉佛，禱觀音大士。一夕，夢一長身漆面僧入室，而師生焉。因名曰「和尚」。在襁褓時，有相士曰：「此子骨格豐隆，狀貌絶俗，他日出家，必爲英賢佛子。」父母信之，丱角時即送至本邑東

方景禮寬露師剃染，就塾讀書。及長，攻梵典，皆以聰敏稱。

至道光十四年冬，徑赴潭柘，圓具戒於永壽師座下。師一見其儀表，知爲法器，即委以知賓、引禮之職。嗣升慈相法主之堂，復入法室，爲賢首。其於三藏之實相妙理，既能心領神會，宗説皆通，而於史鑒、諸子百家，并能沿流溯源，貫通融會。由是士大夫翕然稱之，求見者踵相接。師即以此爲誘掖，所謂先以欲鈎牽，後令人佛慧也。其善巧度人若此。

三十六歲，由教授轉羯磨。適值壽公化去，衆請師正位，遂爲一寺領袖，統六和之僧衆。自中興以來，如師之年荷重任者誠罕覯哉。師性量恢宏，不親細故，一切事務皆委任執事經理，自惟率衆薰修。冬則傳戒，夏則安居，平時則上殿、過堂、念佛，雖風寒雨濕，不愆其期，識者謂深得住持之大體也。性復至孝，因母春秋高，無人待奉，而又遠隔千里，每一言及，泪涔涔下。遂白大衆，迎至常住，晨昏定省，作孺子慕。凡出家者當以孝名爲戒，師殆深知此意歟？

師荷大任歷十四載，屆孔子知命之年，偶患痰疾。自知時至，屏藥弗進，越數日，遂化去。論者惜之，以爲未竟所施云。時在同治四年七月，世壽五十歲。茶毗後，建塔本山南塔院。是爲岫雲堂上第十五代主。

潭柘岫雲寺第十六代棟昌元魁律師

師生於嘉慶庚辰年二月二十七日，直隸宣化府萬全縣籍。幼稚即依龍王廟安正師祝髮，就鄉館攻書，頗稱聰慧。及長，專心梵册，皆能上口，見者奇之。

道光十七年春，詣潭柘，圓具戒於西峰和尚座下，遂結夏安居，足不越閫。取所受之三壇戒法，從頭披閱，細心玩索，總期言行相符，三業清净。又復精研五篇三聚之文，《梵網》《四分》之律，悉諳旨趣。掉臂游行，絶無束縛之苦。西峰和尚鑒其好學深思、四儀不缺、柔和忍辱、與世無争，知將來造就有不可限量者，即命爲書記、引禮、知客。任事後，練習世緣，莫不洞中肯綮，如庖丁之解牛。由是升教授，轉羯磨。

嗣因宣化府城内有普化寺者，師之祖庭也，

開建常住，接納雲水。大家俾師主之，寺内之清規律，則一以潭柘爲式。繼席未久，心純和尚示寂。師因本山闍黎未退，大衆仰望，故仍回本山，即方丈位。是冬，即傳戒法，繼往開來，爲天人眼，洵可嘉也。

詎意秉賦素弱，加以一心兩刹，兼顧爲勞，僅及二年，即示疾辭世。時同治六年秋也。衆奉全身建塔本山。是爲第十六代主。

潭柘岫雲寺第十七代慈雲普德律師

師生於道光丁亥歲十一月初十日，直隸順天府大興縣傅姓君德公之子。母賈氏，長齋綉佛，感生三子，而師最小，尤鍾愛之。嗣兩兄皆以痘殤，一一親惜之。及師出痘，復危甚，虔許爲僧，乃得愈。師生而穎异絶倫，性喜佛事，雙眸炯炯如曉星，言笑常不苟，默默趺坐，爲僧伽像。識者謂是再來人，异日出家，必建法幢也。九歲，禮藥王廟奇峰師祝髮，未入廟而奇峰師化去。從兩師兄成立，而兩師兄日勤稼穡，碌碌無所短長。師雖年少，立志最堅，欲學經典，苦無人指授。幸廟内設塾，日就正之，得讀鄒魯之書，頗諳文字。年已十九，猶頂重髮如俗子，心甚厭之，懇兩師兄爲削去之，乃大歡喜。

繼登潭柘山，秉尸羅於西峰和尚座下，時二十五年冬也。由是發心參學，親近善友，栖息禪堂，勤習功課。復精研毗尼，舉止威儀，毫厘不忒，大衆咸以清才目之。後膺維那，充收掌，和合僧伽，權衡出入，皆無過失。遂擢引禮、知客，續升教授、羯磨。凡二十年，常住職掌，無不備歷，而總以謹慎小心、因果不昧爲本分。師性廉介，不樂苟得，不畜珍玩。嘗曰：「世間奇貨异寶，

人之所欲也，遠之則無害。天下仁義道德，人之所尚也，行之則致祥。況吾輩身登戒品，號稱福田，當力除貪嗔，勉修梵行，庶報佛恩於萬一耳。」適翊教寺海然大師察師動静語默，皆循規矩，知是法門砥柱，末世良師，遂出昔年所得崇理老人衣卷付之，俾爲賢首宗第三十四世。敕封闡教禪師，達天理祖之五代高足也。自得法以來，更加策勵，事無巨細，罔不躬親。天性復至孝，每思母年老，衣食艱難，所得嚫資，悉以供母，不令有所缺。

同治六年七月，棟公示寂，衆推爲本山繼席，今閱十七年矣。春冬傳戒，紹寰祖之家風；九夏安居，秉如來之法命。六時行道，一心念佛，以倡梵行，以導清修。用是常住之僧，恒逾二百衆，而雲水往來，尤不可以更僕數。苟非法喜禪悅，有以饒益而感通之，焉能道風遠播，緇白咸欽，儼然靈山勝會又現於今日耶？

師每念梵宇傾圮，風雨飄摇，奉聖棲僧，均有未便，輒誦古德語云：「莫謂諸天不護佑，皆因自己無修行。」於是先立刹竿，以壯觀瞻。次修齋堂，以供僧飯。續修司房、記室，以司出入。此正院之緊要所也。東院則延清閣、庫神殿、吕祖殿、猗玕亭、東西配殿、左右廊廡、方丈静室。西院則楞嚴壇、比丘壇、南樓、禪寮。其上則舍利塔、大悲殿。寺外則龍潭、觀音洞、少師静室。闕者補而舊者新，金碧輝煌，參天耀日。嗣又修補祖塔，俾没者得安；續添香火，俾往者獲福。視曩日印公、琮公竭力經營者，豈多讓哉？師梵行清净，居心平等，又得聖修公襄贊，乃能如是耳。然猶未已也。本山有下院兩處，一在梨園莊奉福寺，一在城内翊教寺，俱屬化城，接待來往。今皆莊嚴藻繪，蔚爲大觀，非復昔日景象。良由法眼所照，職事得人，以故繼往開來，所作皆辦。愚聞之，繼海然大師之願者超塵師，故重修翊教寺。又聞之，继清福大师之願者一元師，故重修奉福寺。而兩處憩息之所，尤以奉福寺爲最要。總理香火，出納財産，春秋二季，有還願修福者來此，得信宿之安，無暴露之苦。既宏揚夫佛法，復嘉惠夫本山。故并叙之，以垂永久。後之主是寺者，當奉爲龜鑑焉。

賢宗後學義庵拜叙

不禁　半線社多與漢人結爲副遯副遯者盟弟兄也漢人利其所有託番婦爲媒先與本婦議明以布數疋送婦父母與其夫結爲副遯出入無忌貓兒干東螺大武郡等社亦踵此惡習但不似半線太甚耳

喪葬

番死老幼裹以草席瘞本厝內平生衣物爲殉親屬葬畢必浴身始入厝喪家不爲喪服十日不出戶衆番呼爲馬鄰夫亡婦改適必逾兩月告知父母舅姑許諾乃擇配

器用

耕種捕鹿俱與衆番同惟採魚兼用箴篙炊以三石塊爲竈螺蛤殼爲椀竹筒爲汲桶

附考

山有野牛民間有購者衆番乘馬追捕售之價減熟牛一半（番俗六考）

黃侍御玉圃晚次半線作憶昔歷下行龍山豁我情今茲半線遊秀色欲與爭林木正蓊翳嵐光映晚晴重光如廻抱澗溪清一泓（北爲大肚溪）里社數百家對宇復望衡番長羅拜跪竹絲兒童迎（麻達用雙竹結紅絲以迎）女孃齊度曲頫首欸噫嗚（番歌先以欸噫發聲）瓔珞垂項領跣足舞輕盈鬪捷看麻達飄飄雙羽橫薩豉聲鏗鏘奮臂爲朱英（紅布懸竹竿爲幟麻達先至者奪之）王化眞無外倮人雜我氓安得置長吏華風漸

可成使槎錄

彰化縣三水沙連二十五社社名見前番社下

居處

築室曰濃密架竹爲樑鑿鬆石片爲牆鬆石內山所出鑿之成片上以石片代瓦亦用以鋪地遠望如生成石室比屋相連如同內地街衢與外社迥殊男女未婚嫁另起小屋曰籠仔曰公廨女住籠仔男住公廨

飲食

內山多麥豆少米穀芋薯則掘地爲穴積薪然火置芋灰中仍覆以土饑則出而食之黍米爲酒曰老勿釀製會飲與別社同魚爲醢俟有臭味乃食凡物生食居多惟

鹽取給於外

衣飾

衣用鹿皮樹皮橫聯於身無袖間有著布衫者捕鹿時以鹿皮搭身皮帽皮鞋馳逐荆棘中番婦衣自織達戈紋亦名府律式掛青紅南把珠於項亦漢人所製收粟時則通社歡飲歌唱曰做田攜手環跳進退低昂惟意所適

婚嫁

婚姻曰閔言未娶曰胡仔轄亦曰麻達未嫁曰麻里氏冰不待父母媒妁以嘴琴挑之相從遂擁衆挾女以去勢同擄掠後乃以刀斧釜鐺之屬爲聘女家以雞黍達戈

穀酬之通社羣聚歡飲與外社男贅女家不同夫婦離異女將原聘歸還聽其再適　北港女將嫁時兩頤用針刺如網巾紋名刺嘴箍不刺則男不娶

喪葬

凡遇父母兄弟夫婦之喪頭裹皂布號哭十日不言不笑不履門外葬用石板四片築四方穴屈曲屍膝坐埋於中上蓋以石板覆以土

器用

耕種用小鋤短刀掘地而種行則貨物貯皮囊戴於頭上炊用木扣以代鐺

附考

水沙連雖在山中實輸貢賦其地四面高山中爲大湖湖中復起一山番人聚居山上非舟莫卽番社形勝無出其右自柴里社轉小逕過斗六門崎嶇而入阻大溪三重水深險無橋梁老籐橫跨溪上往來從籐上行外人至輒股慄不敢前番人慣行不怖也其番善織罽毯染五色狗毛雜樹皮爲之陸離如錯錦質亦細密四方人多欲購之常不可得番婦亦白晳妍好能勤稼穡人皆饒裕番境補遺

四周大山山外溪流包絡自山口入爲潭廣可七八里曲屈如環圍二十餘里水深多魚中突一嶼番繞嶼以居空其頂頂爲屋則社有火災岈草蔓延繞岈架竹木

浮水上藉草成土以種稻謂之浮田隔岍欲詣社者必舉火爲號社番划蟒甲以渡嶼中圓淨開爽青嶂白波雲水飛動海外別一洞天番俗六考

水沙連過湖半日至加老望埔一日至貓里眉一日至眉加堞一日至望加臘一日至福骨一日半至買槽無老又一日半至民仔里武二日至蛤仔難社由貓里眉二日至斗截半日至倒咯嘓過大山數重四日夜可抵祟爻社路極崎嶇坑塹險阻難於跋涉若陰雨水漲更難計程由淡水從山後行路稍平易同上

社地處大湖之中山上結廬而居山下耕鑿而食湖水縈帶環湖皆山層巒險阻屬番二十餘社各依山築居

山谷巉巗路徑崎嶇惟南北兩澗沿岍堪往來外通斗六門竹脚寮乃各社總路隘口通事築室以居焉水沙連集集決里毛碎巒巒木靠木武郡又子黑社佛子希社亦木武郡轄挽鱗倒咯大基描丹蛤里爛等社名爲南港加老望埔描里眉斗截平了萬致務倒咯嘓眉加碟望加臘福骨描里八描里旺買槽無老等社名爲北港或云北港尚有買薛買唐於老二社南港之番居近漢人尚知有法而北港之番與悠武乃等社野番接壤最爲兇頑巴老完問仔眉觸甲描楮江四社昔屬水沙連統轄今移於巴老完合夥同居與民仔里武俱通於悠武乃生番矣通事另築寮於加老望埔撥社丁置烟

布糖鹽諸物以濟土番之用售其鹿肉皮筋等項以資課餉每年五月弔社七日進社共計十箇月可以交易完課過此則雨多草茂番無至者同上

康熙六十年阿里山水沙連各社乘亂殺通事以叛六十一年邑令孫魯多方招徠示以兵威火礮賞以烟布銀牌十二月阿里山各社土官毋落等水沙連南港土官阿籠等就撫雍正元年正月水沙連北港土官麻思來等亦就撫同上

彰化縣四轆大肚社感恩社舊名牛罵遷善社舊名沙猫霧捒社一作猫霧捒岸裏社阿里史社樸仔籬社掃捒社烏牛欄社

居處

大肚諸社屋以木爲樑編竹爲牆狀如覆舟體制與各社相似猫霧捒諸社鑿山爲壁壁前用木爲屏覆以茅草零星錯落高不盈丈門戶出入俯首而行屋式迥不同外社

飲食

酒飯各二種飯不拘秔糯炊而食之或將糯米蒸熟舂爲餅餌名都都酒用黍米浸水越宿舂碎和以草麴三五日發氣水浸飲之一將糯米炊飯拌麴置桶中逾三日澄汁蒸酒番極珍之魚鰕麞鹿與南北投等社無異惟沙轆牛罵不食牛牛死委於道旁

衣飾

男婦頭貫骨簪曰打拉所掛之珠曰立項帶瑪瑙珠曰牙堵螺牌曰夏力什素衣服不論皂白俱短至臍與各社同嫁娶俱著紅衣貓霧捒岸裏以下諸社俱衣鹿皮並以皮冒其頭面止露兩目

婚嫁

婚姻曰三問男女先私通授拏男以銀錫約指贈女爲定曰貓六女倩媒告之父母因爲主配或娶或贅屆期會衆設牲醪相慶不諧即離婦不俟夫再娶先嫁罰酒一甕私通被獲鳴通事土官罰牛一未嫁娶者勿論岸裏各社完婚三五日男往女家女往男家各以酒物相餽不則絶往來

喪葬

番死喪葬及浴身入室與南北投等社同守服十二日不出戶親戚送飯十二日後請番神姐祈禳除服婦服滿任自擇配父母兄弟不過問岸裏五社喪葬與水沙連阿里史同

器用

收貯禾黍編竹爲筐大小不一式出作則置飯於巾無升斗以篾籃較準與漢人交易近亦置牀榻鼎鐺椀筯以爲雅觀

附考

過沙轆至牛罵社社屋隘甚假番室牖外設榻緣梯而

登雖無門闌喜其高潔余榻面山靄霧障之凡五日苦不得一覩其麓忽見開朗殊快不知山後深山當作何狀將登麓望之社人謂野番常伏林中射鹿見人則矢鏃立至愼毋往乎策杖披荆拂艸而登既陟巔荆榛樛結不可置足林木如蝟毛聯枝累葉陰翳晝暝仰視太虛如井底窺天時見一規而已雖前山在目前而密樹障之都不得見惟有野猿跳躑上下向人作聲若老人咳又有老猿如五尺童子箕踞怒視風度林杪作簌簌聲肌骨欲寒瀑流潺潺尋之不得而脩蛇乃出踝下心怖遂返越日大雨嵐氣甚盛衣潤如洗堦前濘泥足不得展徘徊悵結賦詩曰番舍如蟻垤茅簷壓路低嵐風

侵短牖海霧襲重綈避雨從留屐支牀更着梯前溪新漲阻徙倚欲雞棲頃之有番婦至蓬首瘠體貌不類人舉手指畫若有所欲余探得食物與之社人望見亟麾之去曰此婦有術善祟人毋令得近也稗海紀遊

岸裏內幽礁吧哰芧匏阿里史諸社磴道峻折溪澗深阻番甡健嗜殺雖內附罕與諸番接種山射生以食縫韋作幘鹿皮作衣臍下結以方布聊蔽前體露臂跣足茹毛飲血登山如飛深林邃谷能蛇鑽以入舉物皆以頁戴居家則裸惟不去方布周身頑癬斑駁腥臊特甚番女亦白皙繞唇吻皆刺之點細細黛起若塑羅漢髭鬚共相稱美諸羅志

樸仔籬烏牛欄等社有異種狗狀類西洋不大而色白毛細軟如綿長二三寸番拔其毛染以茜草合而成線雜織領袖衣帶相間成文朱殷奪目數社之犬惟存其鞹同上

由諸羅山至後壠番女多白皙牛罵沙轆水裏為最唯裝束各異髮皆散盤同上

岸裏樸仔籬阿里史掃捒烏牛欄五社不出外山惟向貓霧捒交易樸仔籬逼近內山生番眉裏嘓貓堵貓堵兩社間出殺人番俗六考

過半線往大肚則東北行矣大肚山形遠望如百雉高城昔有番長名大眉志謂每歲東作衆番爭致大眉射

獵於箭所及地禾稼大熟鹿豕無敢損折者箭所不及輒被蹂躪木亦枯死其子斗肉女阿巴里塌大柳望各社仍然敬禮獲鹿必先貽之沙轆番原有數百人為最盛後為劉國軒殺戮殆盡只餘六人潛匿海口今生齒又百餘人辛丑七月大風糯黍歉收間為別番傭工以餬口土官嘎即目雙瞽能約束衆番指揮口授無敢違社南地盡膏腴可種水田漢人有欲售其地者嘎即佯許之私謂衆番曰祖公所遺秪此尺寸土可耕可捕藉以給饔餐輸課餉今售於漢人侵佔欺弄勢必盡為所有闔社將無以自存矣我與某素相識拒其請將搆怨衆為力阻無傷也卒不如其請余北巡至沙轆嘎即率

各土官婦跪獻都都番婦及貓女爲戲衣錦紵簪野花一老嫗鳴金以爲進退之節聚薪然火光可燭天番婦拱立各給酒三大椀一吸而盡朱顏酡者絕鮮挽手合圍歌唱跳舞繼復逐隊蹋地先作退步後則踴躍直前齊聲歌呼惟聞得得之聲次早將還郡治土官遠送婦女咸跪道旁俯首高唱如誦佛聲詢之通事則云祝願步步得好處一社攀送有戀戀意抵郡後聞將社名喚作廻馬社以余與吳侍御北巡至此廻也同上

淡水廳一蓬山八社 後壠五社社名詳前番社下 竹塹社

居處

營屋先竪木爲牆用草結蓋體制與別社同稍卑隘合家

一室惟娶婦贅壻則另室而居

飲食

番地少播秔稻多種黍芝蔴飯皆黍米又蒸熟置器在中俟發變曬乾舂爲麯拌黍飯藏於瓮數日後試其味則投以水蒸其液爲酒魚鰕醃爲鮭鹿麂醃爲脯餘物皆生食

衣飾

各社番皆束髮未娶者或分梳兩髻於額角惟此數社則剪髮至額戴竹節帽竹取其裏白反而爲之高寸許以紅絲帶纏繞又以烏絲線縛之以白螺殼爲方塊可寸許名曰蛤達圍於項或用螺殼間用瑪瑙珠串束於手

以善走爲雄麻達編五色篾束腹至胸以便奔走穿耳實以竹圈圈漸舒則耳漸大垂至肩乃實以木板或嵌以螺錢娶婦則去其束篾摘其耳實衣名几轆長至腰以布及達戈紋爲之下體圍布二幅亦名遮陰間有衣鹿皮者會飲土官多用優人蟒衣皂靴漢人絨帽番婦衣几轆圍遮陰耳穿五孔飾以米珠名鶴老卜頸掛瑪瑙珠名璺忽因耶那數十人連手頓足歌唱爲樂

婚嫁

嫁娶曰諳猫麻蛤呢娶婦先以海蛤數升爲聘竹塹間用生鹿肉爲定蛤大如拇指殼有青文生海邊石壁間盡力採取日不過數升甚珍之及嫁娶時用海蛤一搭紀（搭紀用竹筏編成大口小腰高尺餘可容數斗）殺牛飲酒歡會竟日父母娶婦或一二年三五年分居視其婦孝與否耳無一世同居者一女則贅壻一男則娶婦男多則聽人招贅惟幼男則娶婦終養女多者聽人聘娶惟幼女則贅壻爲嗣大婦服必逾年而後嫁娶不和或因姦則離夫未娶婦不敢先嫁嫁則罰婦及後夫并婦之父母各瑪瑙珠一串或牛一隻以歸後夫不受罰則糾集親眾負弓矢持鏢刀至後夫之家折毀房屋倉囷土官通事不能禁私通亦然強者將其婦及姦夫立殺死或與麻達通祗罰婦酒一甕麻達不問女與麻達通亦不問

喪葬

番死男女老幼皆裸體用鹿皮包裹親屬四人舁至山上用鹿皮展鋪如席將平生衣服覆身用土掩埋服尚白色既葬本家及舁喪人三日不出戶不舂不歌番親供給飯食一月後赴園耕種通社亦三日不赴園以社有有不吉事也居喪父母兄弟半月夫婦一月一月後婦不帶耳珠著艷服改適方如常

器用

耕種犁耙諸器均如漢人食器亦有鐵鐺磁椀阿里山水沙連內山諸番尚用木扣平埔諸社多倣漢人

附考

渡溪後過大甲社（即蓬山）雙寮社至宛里社御車番人貌

甚陋胸背皆雕青為豹文男女悉剪髮覆額作頭陀狀規樹皮為冠番婦穴耳為五孔以海螺文貝嵌入為飾捷走先男子繹過番社求一勺水不可得得見一人輒喜自此以北大概畧同至中港社見門外一牛甚腯囚木籠中俯首跼足體不得展社人謂是野牛初就靮以此馴之又云前路竹塹南嵌山中野牛千百為羣土番能生致之候其馴用之今郡中輓車牛強半皆是自竹塹迄南嵌八九十里不見一人一屋求一樹就陰不得途中遇麋鹿麞麂逐隊行甚夥既至南嵌入深箐中披荊度莽冠履俱敗直狐貉之窟非人類所宜至也（裨海紀遊）

康熙壬戌偽鄭守雞籠凡需軍餉值北風盛發船不得

運悉差土番接遞男女老稚背負供役加以督運弁目酷施鞭撻相率作亂殺諸社商往來人役新港仔竹塹等社皆附焉鄭克塽令左協陳絳率兵擒勦土著盡遁入山叢林壘澗無從捕緝仍不時出沒剽掠議就要道豎柵防守困之海上事畧

蓬山番皆留半髮傳說明時林道乾在澎湖往來海濱見上番則削去半髮以爲碇繩番畏之毋先自削以草縛其餘番俗六考

蓬山八社所屬地橫亘二百餘里高阜居多低下處少番民擇沃土可耕者種芝蔴黍芋餘爲鹿場或任拋荒不容漢人耕種竹塹後壠交界隙地中有水道業戶請墾無幾餘皆依然草萊故往年自大甲溪而上非縣令給照不容出境大甲西社離港十里雙寮社離港六里後壠社離港三里竹塹社離港十里南嵌社離港二十里淡水社則直臨大海各有通事往來郡治貨物自南而北者如鹽如糖如烟如布疋衣線自北而南者如鹿脯鹿筋鹿角鹿皮芝蔴水藤紫菜通草之類同上

近竹塹爲汝綠生番名猴社同上

參將阮蔡文詠大甲婦詩大甲婦一何苦爲夫饁餉爲夫鋤爲夫日日績麻縷績縷須淨亦須長撚勻合線緊雙股鏚木虛中三尺圍鑿開一道兩頭堵輕圓漫捲不支機一任元黃雜成組間彩頗似虹霓生綻花疑落仙

姬舞吾聞利用前民有聖人一器一名皆上古況茲捋軸事機絲制度周詳供黻黼土番蠶繭本無知制器伊誰遠近取日計苦無多月計有餘縷但得稍閒餘軋軋事傴僂番丁横肩勝綺羅番婦周身短布裋大甲婦一何苦　竹塹詩南嵌之番附淡水中港之番歸後壠竹塹周環三十里封疆不大介其中聲音畧與後壠異土風習俗將無同年年捕鹿邱陵比今年得鹿實無幾鹿場半被流民開藝麻之餘兼藝黍番丁自昔亦躬耕鐵鋤掘土僅寸許百鋤不及一犂深那得盈寧畜妻子鹿革爲衣不貼身尺布爲裳露雙髀是處差徭各有幫竹塹筞筞一社耳鵲巢忽爾爲鳩居鵲盡無巢鳩焉徙阮係庚午舉人同上

淡水廳二南嵌四社　淡水十四社　大雞籠五社　山朝四社　社名詳前番社下

居處

淡水地潮濕番人作室結草構成爲梯以入鋪木板於地亦用木板爲屋如覆舟極狹隘不似近府縣各社寬廣前後門戸式相類

飲食

番多不事耕作米粟甚少日三餐倶薯芋餘則捕魚鰕鹿麂採紫菜通草水藤交易爲日用且輸餉亦用黍米嚼碎爲酒如他社志謂淡水各社不藝圃無葱韭生菜之屬雞最繁客至殺以代蔬俗尚冬瓜官長至抱瓜以獻

佐以粉粢雞則以犒從者鳥獸之肉傳諸火帶血而食麋鹿刺其喉吮生血至盡乃剥割腹草將化者綠如苔置鹽少許卽食之

衣飾

番婦頭無粧飾烏布五尺紮頭曰老鍋項上掛瑪瑙珠螺錢草珠曰眞仔贊耳鑽八九孔帶漢人耳環每至力田之候男女更新衣曰換年會衆飲酒以示更新

婚嫁

旣娶曰麻民未娶曰安轆自幼倩媒以珠粒爲定及長而娶間有贅於婦家者屆期約諸親宰割牛豕以黍爲粿狀如嬰兒取叶熊羆之意夫婦相聚白首不易婦與人

私則將姦夫父母房屋折毁倍罰珠粒分社番以示敎家不嚴未嫁娶者不禁

喪葬

番亡用枋爲棺瘞於厝邊以常時什物懸墓前三日外合家澡身除服又與別社期年三月十日者不同

器用

無田器耕以鋤平時所佩鏢刀弓箭之屬厝內所用木扣螺椀之類

附考

雞籠淡水夷在泉州澎湖嶼東北名北港又名東番永樂中鄭和入海諭諸酋番獨不聽約束和貽之家一銅

鈴使頸之蓋狗之也名山藏
自南嵌越小嶺在海岸間行巨浪捲雪拍轅下衣袂爲濕至八里坌社有江水爲阻即淡水也水廣五六里港口中流有雞心礁海舶畏之乘蟒甲由淡水港入前望兩山夾峙曰關渡門水道甚隘入門水忽廣漶爲大湖渺無涯涘行十許里高山四繞周廣百餘里中爲平原惟一溪流水麻少翁等三社緣溪而居甲戌四月地動不休番人怖恐相率徙去俄陷爲巨浸距今不三年再指淺處猶有竹樹梢出水面三社舊址可識　麻少翁內北投在磺山左右毒氣蒸鬱觸鼻昏悶諸番常以糖水洗眼隔關渡門巨港依山阻海划蟒甲以入地險固數以睚眦殺漢人官軍至則竄淡水以北諸番此最難治　武勞灣大浪泵等處地廣土沃可容萬夫之耕

八里坌社舊在淡水港西南之長豆溪荷蘭時後壠最悍殲之幾無遺種乃移社港之東北淡水各社土官有正副頭目之分稗海紀遊
哆囉滿產金淘沙出之與瓜子金相似番人鎔成條藏巨甓中客至每開甓自炫然不知所用近歲始有攜至雞籠淡水易布者　斗尾龍岸番皆偉岸多力文身文面狀同魔鬼出則焚掠殺人土番聞其出皆號哭走避鄭經統兵往勦深入不見一人時亭午酷暑軍士皆渴競取甘蔗啖之劉國軒守半線率數百人至見經大呼

曰何爲至此令三軍速刈草爲營亂動者斬言未畢四面火發文面五六百人奮勇挑戰互有殺傷餘皆竄匿深山竟不能滅僅燬其巢而歸　阿蘭番近斗尾龍岓狀貌亦相似　雞距番足趾楂枒如雞距性善緣木樹上往來跳躑捷同猴狖食息皆在樹間非種植不下平地其巢與雞籠山相近常深夜獨出至海濱取水遇土番往往竊其首去土番亦追殺不遺餘力蓋其足趾楂枒不利平地多爲土番追及既登樹則穿林度棘不可復制矣番境補遺

雞籠山土著種類繁多秉質驍勇慨居山谷按其山川則形勝奇秀論其土地則千里饒沃溪澗深遠足以設

立州縣惟少人工居址荒蕪未闢皆爲鳥獸蛇龍之窟惜哉　僞鄭時上淡水通事李滄愿取金自效希受一職僞監紀陳福偕行到淡水率宜毅鎮兵并附近土著未至卑南覓社土番伏莽以待曰吾儕以此爲活唐人來取必決死戰福不敢進回至半途遇彼地土番泛舟别販福率兵攻之獲金二百餘并繫其魁令引路刀鋸臨之終不從按出金乃臺灣山後其地土番皆傀儡種類未入聲教人跡稀到自上淡水乘蟒甲從西阻東返而自北而南溯溪而進匝月方到其出金之水流從山後之東海與此溪無異其地山枯水冷巉巖峻峭洩水下溪直至返流之處住有金沙土番善泅者從水底取

之如小豆粒巨細藏之竹篚或祕之瓿甊間出交易彼
地人雖能到不服水土生還者無幾海上事畧
龜崙霄裏坑仔諸番體盡矮短趨走促數又多斑癬狀
如生番番俗六考
康熙壬寅五月十六至十八三日大風漳州把總朱文
炳帶卒更戍船在鹿耳門外爲風飄至南路山後歷三
晝夜至蛤仔難船破登岸番疑爲寇將殺之社有何姓
者素與番交易力爲諭止晚宿番社番食以秫米以片
鬻餉番輒避匿不食借用木罌瓦釜番惡其汚也洗滌
數四所食者生蠏烏魚略加以鹽活嚼生吞相對驩甚
文炳臨行犒以銀錢不受與以藍布舊衣欣喜過望兼

具蟒甲以送蟒甲獨木挖空兩邊翼以木板用藤縛之
無油灰可艌水易流入番以杓不時挹之行一日至山
朝次日至大雞籠又一日至金包裏同上
蛤仔難三十六社八知美簡社一作把抵女簡八知買
驛社一作巴抵馬悅礁仔攏岸社一作礁礁人岸麻里
陳轆社一作猫里藤角辛也罕社一作新仔羅罕須老
員社一作思老完抵密密社一作芝密佳笠宛社一作
交里苑未知孰是同上
陳湄川中丞淡水各社紀程淡水港水路十五里至關
渡門南港水路四十里至武勞灣此地可泊船內雞心
礁陸路六里至雷裏六里至了阿八里至秀朗三十里

至里末三里至擺接北港水路十里至內北投四里至
麻少翁十五里至大浪泵此地可泊船三里至奇武仔
十五里至答答悠五里至里族六里至麻里卽吼二十
里至峰仔嶼上灘水路七十里至蟟腳上嶺下嶺十里
渡海十二里至雞籠又淡水港北過港坐蟒甲上岸至
八里坌十五里至外北投十二里至雞柔山十五里至
大屯三十里至小雞籠七十里至金包裹跳石過嶺八
十里至雞籠社同上

續脩臺灣府志卷十五終

續脩臺灣府志卷十六

欽命巡視臺灣朝議大夫戸科給事中紀錄三次六十七　同脩
欽命巡視臺灣朝議大夫雲南道監察御史加一級紀錄三次范　咸
分巡臺灣道兼提督學　政覺羅四明
臺　灣　府　知　府余文儀　續脩

風俗四　番語　番曲　番俗通考

番語各社音多不同畧舉其槪

天爲務臨日爲吚喇哈月爲吚達夕爲務闌星爲薩哈闌爲騣薩孥夕風爲麻哩雨爲喇麻孥爲烏達雲爲喇漠雷爲臨薩哈電爲力吧力吧虹爲打喇包該霜爲烏弗打露爲喇漠哈霧爲薩喇嗎爲嗎喧天明爲嗎喇嗎蛤

日午爲喇丹入夜爲煞火寒爲嗎哈喇夕暑爲嗎喇辣

旱爲猫勺喇麻孥久雨爲烏乇者喇麻孥

地爲烏吻山爲嶐爲木艮水爲喇淋海爲地淋爲麻谿溪爲包爲阿汪潭爲阿煞陂爲達漠圳爲噶哈噶井爲潦哈泉爲思嗎潦喇淋爲務㧊火爲喇步

耶嗎父也一曰阿兼擺奄母也姑也母一曰兒喇麻箕祖父也雰霧祖母也茅撒哩伯也叔也喇由喇補伯叔母也若隹兒也一曰撒哩麻撒句迷老弟也一曰撒哩麻奴喇句阿乇夫也一曰媢家歹喇婦也一曰雞家奴句喇補麻撒姊也喇補吧一妹也茅擺堂上翁也岳父也阿夕爪堂上姑也岳母也猫喇補母舅也阿實爪母姨

世婦吧哩嫂也婦吧哩吧一弟婦也阿六江子也女也子一曰阿喇女一曰阿喇歹拏句打喇連女壻也兒媳也壻一曰隹喇六句阿喇撒哩姪也阿喇霧霧孫也阿吺喇補外甥也阿乇阿乇男子也女曰擺擺土官曰甲必丹

敘厤格者謎路士人也臨嗎哈農夫也吻奴哩補工匠也嗎哩拏阿㖿客商也曰嗎嫫句下倣此曰厤煞者稍老人也曰阿喇喇曰隹喇歪少年也嗎哈吧者稍長人也吧若矮人也曰嫣仁曰嫣艮曰厤目底六美婦也曰麼呵曰嫣古癩醜婦也曰萬拏者稍曰厤毒雞角姑籠人衆也老里我也吺汝也們喇打因拏成婚也嫣嬈者謎蘇懷

孕也黑厤拏生子也此哩哩句召客會飲也嫣薩薩祖先也打打害稍稍神也厤夫闌鬼也嗎嘶病也死曰嗎歹曰吧吧潺死而復生曰厤蘇哈

嫌嗎會哈會拜也他都君君依土音跪也寄哀坐也曰臨馬秣曰馬打郎行也曰黑馬驢曰石跟跑也吟吻言語也嗎哈吧沙句訾罵也鬭毆也鬭毆一曰厤吧吧台句拏把喇句強有力也烏弗臨句柔弱也曰厤喇夕曰厤哩古睡也猫霧其匆箕醒也路買句度曲也番自賽戲曰事戲

身曰厤㖿頭曰烏顱曰蒙峨目曰厤撒面曰撒寄鼻曰律曰昂峨斯耳曰撒哩喇口曰務哩吻曰菒拳突脣曰蕕务

齒曰哩本舌曰喇哩喇喉曰卓考肩曰歹一八手曰利
馬曰謎喇夕乳曰都都心曰阿穆曰阿目（目依土音）腹曰務
驛曰謎蘇臍曰務夕膝曰希魯遁足曰阿撒曰丁丁髮
曰物夕眉曰甲八鬚曰喇律曰嚶嚶一曰阿打二曰利
撒三曰亶魯四曰咿吧五曰哩罵六曰咿臨七曰秘都
八曰打盧九曰阿拾（拾依土音）十曰猫歹矢百曰謎阿打哈
蘇干曰謎阿打沙力萬曰謎阿打漫有曰咿拏無曰猫
勺多曰漫拏少曰吧譯土牙是曰阿哈非曰謎阿呢
莊謂之阿喇哈祀謂之薩魯屯屋謂之都粉謂之打咯門
謂之麻勿牆謂之麻咩都粉田謂之烏嫣橋謂之達踏
船謂之阿滿謂之阿綱花謂之衣襲謂之都喇喇草謂

之哈邊噶謂之吧夕竹謂之烏鰕木謂之衙截
冊籍謂之謎路字謂之蘇喇紙謂之吧力吧謂之龍阿蒙
筆謂之蘇力墨謂之麋奴扇謂之吧吧譯弓謂之務格
兒箭謂之吧哈矢謂之茅必希刀謂之試落謂之烏律
車謂之箕轔謂之打哩吉
銀謂之麻哩毒錢謂之咯嗎呢鐵謂之麻哩銅謂之麻哩
務哩錫謂之都哀
布謂之衣幙綢緞謂之如噶噶帽謂之打喇獨謂之噶姑
母衣謂之姑喇襲袴謂之加水襪謂之霎霎霎務韈謂之
達打畢謂之霎屏被謂之霎霎呼帳謂之哈哈產牀謂
之喇丹

穀謂之獨獨米謂之新沙謂之博酒謂之醉謂之務哈謂之打喇酥飯謂之羅漠謂之開生粥謂之務

蔬謂之辣辛檳榔謂之阿迷希荖謂之阿辣噶烟謂之打嗎嘓飲酒謂之迷底打食飯謂之麻目吉打鍋謂之打

泥濁

馬謂之哈阿麻牛謂之鸞羊謂之優雞謂之卓瓜謂之孤甲狗謂之阿都豬謂之猫霧豹謂之闌裏闌鹿謂之門闌謂之沒魚謂之試干謂之騰鵝謂之打姑麻一鴨謂之哈拏哈拏捕鹿謂之麻噶阿喇哈捕魚謂之銀米落試于騎馬謂之沒阿吧騎牛謂之麻吧歷以上並出諸羅志

番曲

大傑巔社祝年歌以下並出番俗六考

臨臨其斗寅今過年尋唧唭什剣格典圭甲爲粉餈殺雞施里西奇文林祭天地鮑打鄰其斗寅麻亮其斗寅祝新年勝去年唂學嘎葛唭㖿因倍收穫食不盡

新港社別婦歌

馬無艾幾唎我愛汝美貌唷無晃米咩不能忘加麻無知各交實實想念麻各巴圭里文蘭彌勞我今去捕鹿査美獇呵呵孛沉沉唷無晃米咩心中輾轉愈不能忘奚如直落圭哩其文蘭待捕得鹿査下力柔下麻勾回來便相贈

武洛社頌祖歌

嘻呵浩孩耶嘎此句係起曲之調乜連糾先時節鎮喇烏留岐趺郷

（我祖先能敵傀儡）那唎平奇腰眉（聞風可畏）鎮仔奇腰眉（如今傀儡尚懼）哄

耳奄耳旱散嗄（不敢侵越我界）

下淡水社頌祖歌

巴千拉呀拉呀留（請爾等坐聽）礁眉喲喲漢連多羅我洛（論我祖先）

（如同大魚）礁眉呵干洛呵連（凡行走必在前）呵咬媽描歪呵連刃（何等）

（英雄）唦嗎礁卓舉呀連呵咬嗎（如今我輩子孫不肖）無羅嗄連（如風隨舞）

巴千拉呀拉呀留（請爾等坐聽）

搭樓社念祖被水歌

咳呵呵咳呵嗄（此係起曲之調）加斗寅（祖公時）嗎搏哄嘮濃（被水沖擊）搭

學哄施仔捧（衆番就走）磨葛多務根（走上山內）隹史其加顯加嘟

（無有柴米）隹史哄唦嗎（也無田園）麻踏堀其搭學（衆番好艱苦）

阿猴社頌祖歌

咳呵呵咳仔滴唦老（論我祖）振芒哄斜連（實是好漢）礁唎留的乜

乜（衆番無敵）礁留乜乜連（誰敢相爭）

上淡水社力田歌

咳呵呵里慢里慢那毛呵埋（此係耕田之候）哄唦老哄描嗄咳

（天今下雨）哄吧伊加圭朗烟（及時耕種）哄麻列哄呵女門（下秧耕草）哄

描螺螺嗄連（好雨節次來了）哄麻蔦列其嘻列（播田明白好來飲酒）

力力社飲酒捕鹿歌

文嘮哄啞奢（來賽戲）丹領哄漫漫（種了薑）排裏哄黎唆（去換糯米）伊

弄哄嘮力（來釀酒）麻骨裏哄嘮力（釀成好酒）麭黍其麻園刃踚

蔦哄嘮力（請土官來飲酒）媽良哄嘮力（酒足後）毛丙力哄文蘭（去捕）

鹿毛里居唭丙力捕鹿回文嘮唭啞奢復來賽戲

茄藤社飲酒歌

近呵欸其歪請同來飲酒礁年臨萬臨萬其歪同坐同飲描呵那哆

描呵欸不醉無歸代來那其歪答曰多謝汝嘻哆萬那呵欸其歪

如今好去遊戲竈描呵滿礁欸其歪若不同去遊戲便回家去

放縤社種薑歌

粘粘到落其武難馬涼道毛呀其歁嗎此時是三月天好去犂園武朗

弋礁拉老歪礁嗎嘆不論男女老幼免洗温毛雅覔刀嗎林唭

萬萬同去犂園好薑種嗎米唭萬萬吧喇陽午涼藹米唭喇呵

俟薑出後再來飲酒

瑯嶠社待客歌

立孫呵網直爾來瑯嶠六甲呵談眉談眉此處不似內地那鬼呵網直

務昌哩呵朗耶爾來無佳物供應嗎踈嗎踈得罪得罪

蕭壠社種稻歌

阿搭哺其礁同伴在此加朱馬池喇唭麻如及時播種包烏投烏達

要求降雨符加量其斗逸保祐好年冬知葉搭着礁斗逸到冬熟後投

滿生唭迎僉藍都須備祭品被離離帶明音免單到田間謝田神

麻豆社思春歌

唉加安呂燕夜間難寐音那馬無力圭歧腰從前遇着美女子礁嗎圭

礁勞音毛噃我昨夜夢見伊沒生交耶音毛夫今尋至伊門前孩如未

生歧連心中歡喜難說

諸羅山社豐年歌

麻然玲麻什勞林今逢豐年大收蠻南無假思毛者會約社衆宇烈然
唭沙無嗄都須釀美酒宇烈嘮來奴毛沙喝嘻齊來賽戲麻什描
然麻什什願明年似今年

哆囉嘓社麻達遞送公文歌

喝逞唭蘇力我遞公文麻什速唭什速須當緊到沙迷其呵奄走如飛鳥
因忍其描林不敢失落因那唭嚂包通事唭洪喝兜若有遲悞便爲
通事所罰

打描社番童夜遊歌

麻呵那乃留唎化呢我想汝愛汝麻什緊吁咩化我實心待汝化散
務那乃咩麻汝如何愛我麻夏劉咩因那思呂流麻我今回家可將
何物贈我

他里霧社土官認餉歌

礁巴須嗎唱嘶連請社衆聽說因納率東呀通事罕餉我今同通事認
餉因許麻吧那爾等須耕種愛化美黍無那切勿飲酒失時閑那來
呀罕餉切唧侯認餉畢閔留美黍喃唧麼請爾等來飲酒

斗六門社娶妻自論歌

夜描拔屢描下女今日我娶妻別言毛哈唧呼請來飲酒尤唧描咿
林尤林日後我生子生孫由拔屢別言毛哈唧呼再娶妻又請來飲酒

大武壠社耕捕會飲歌

毛務麻亮其斗寅耕種勝往年邉投嗎碌務那其壘同去打鹿莫遇生番
嫣毛買仍艾奇打睩社衆可釀美酒美樂哄螸嗒奇打碌嗎蔄
齊來乘興飲酒至醉

大武郡社捕鹿歌

覺夫麻熙蠻乙丹（今日歡會飲酒）麻覺音那麻嘈斗六府嗎（明日及早）

（捕鹿）麻熙棉達仔斗描（回到社中）描音那呵隴仔斗六府嗎（人人）

（都要得鹿）斗六府嗎麻力擺夥隨（將鹿易銀完餉）嗄隨窪頑熙蠻乙

（餉完再來會飲）

東西螺社度年歌

吧園吧達叙每鄰無那（耕田園）馬流平耶珍那麻留呵嗒（愛年）

（歲收成）夫甲嗎溜文蘭（捕鹿）甘換麻文欣麻力（易銀完餉）寄林嗎

流耶嚎嗶含（可去釀酒過年）

二林大突馬芝遴三社納餉歌

吧園吧達敘每鄰（耕田園）其嗎耶珍那（愛好年景）夫甲馬溜文蘭

（捕鹿去）其文蘭株屢（鹿不得逸）甘換溜沙麻力岐甘換（易餉銀得早完）

（餉）馬尤哪哖哪其唎印哪（可邀老翁愛惜）圍含呵絫平萬耶嚎

其喃買逸（我等回來快樂飲酒酣歌）

南社會飲歌

吧老灣唭嗎流末矢（耕田園遇好年歲）吧思沙螺吧思轆鎮（收得麻收）

（得米）馬溜文蘭唭打咳（捕得鹿且多）打茅打奈打匏公申哪奢

（父子祖孫齊來飲酒）招彌流嚎唭喃買逸（歡呼歌唱爲樂）

阿東社誦祖歌

嗎留耶茅務嗎吧那（我祖翁最勇猛）麻里末文蘭布務務巴那（遇鹿）

（能活捉）吧出呂唭甲買打招（鬭走捷同於馬）布務務勃呵沙彌酬

（遇酒縱飲不辭）

南北投社賀新婚歌

引老綸堵混（爾新娶妻）其衣堵眉打喇（我裝珠飾貝）鸞乙丹綸堵混（慶賀新婚）引老覺夫麻熙鸞乙川（爾須留我飲賀酒）

半線社聚飲歌

眞角夫甲文南（捕得鹿）支備辰呵打（收得米）搭林嗎流呵嚎（做下酒）保務務其阿肖萬什呵嚎（社眾齊來賽戲會飲）

大肚社祀祖歌

㖃仔㖃麻隱嗱什（今日過年）靡呵麻喃仔武嘮馬礁乞咿珊（都備新酒賽戲祭祖）思引咿珊牟起林（想祖上何等英雄）夜嘮務力咿珊牟起林（願子孫一如祖上英雄）

牛罵沙轆二社思歸歌

嗎嗎嗄乞武力（往山中捕鹿）蘇多喃任嗱須岐散文（忽想起兒子並我妻）買捷嗎離嗎嗄乞武力（速還家再來捕鹿）葛買蘇散文喃任岐引岐（免得妻子在家盼望）

貓霧捒社男婦會飲應答歌

爾貓呥嘆（幼番請番婦先歌）爾達惹巫腦（番婦請幼番先歌）爾貓力邁邁由系引呂乞麻喃（番曰爾婦人賢而且美）爾達惹麻達馬鱗唄什格（婦曰汝男人英雄兼能捷走）爾貓力邁邁符馬乞打老末轆引奴薩（番曰汝婦人在家能養雞豕并能釀酒）爾達惹達赫赫麻允倒叮文喃乞網果嗎（婦曰汝男人上山能捕鹿又能耕田園）美什果孩唧彎哩勺根嘆巫腦岐引奴薩（今眾社皆大歡喜和歌飲酒）

蓬山八社情歌

沉哪嘮葉嘆賓呀離乃勞（夜間聽歌聲）末力吠弋達些（我獨悶心悶）

末里流布馬砌獨夏噫嘎喃（又聽鳥聲鳴想是舊人來訪）達各犁目

歇馬交嘎斗哩（走起去看都是風吹竹聲）嘆下遲寧臨律嘆嗜噫嘎

喃呀微（總是懷人心切故耳）

後壠社思子歌

曳底高毛曰（怪鳥飛去）吠目吠甘辛老描崙（飛倦了宿在樹上）末力希

呂吠（見景心悶）毛嘎吠嘆幽耶林嘮（想起我兒子）目歇吠越耶（回家去看）

仔者麼飲呂吠（請諸親飲酒釋悶）

竹塹社土官勸番歌

旺奇冉乞別焉毛喈耶呼（社長請爾等來飲酒）打阿保留猫轆弋奇

老久焉魯（我祖公最善捕鹿作山）弋探耶林尤耶林眞嗎吧搭藍

（爾少年子孫當聽我教導）由擺乞打保猫轆弋傳呵祿允（當學我祖勤謹耕捕）

打阿猫武呼別焉（土官就愛惜爾）其耶林林毛喈耶呼（還邀來飲酒）

淡水各社祭祀歌

遲晚日居留什（虔請祖公）遲晚眉（虔請祖母）街乃密乃濃（爾來請爾酒）街

乃密乃司買單悶（爾來請爾飯共菜）打梢打梢樸咖薩嚕塞嘆

庇祐年年（好禾稼）樸咖薩嚕朱馬喈嚼喈（自東自西好收成）麻查吱斯

麻老麻薩拉（捕鹿亦速擒獲）

番俗通考

東番夷不知所自始居澎湖外洋海島中起魍港加老灣打鼓嶼小淡水雙溪口加里林沙巴里大幫坑皆其居也斷續千餘里種類甚蕃別爲社社或千人或五六百

人無酋長雄者聽其號令性好勇喜鬬晝夜習走足皮厚繭履棘刺如平地速不後奔馬有隙隣社興兵期而後戰相殺傷次日即解怨往來如初地多磽無水田治畬種朮禾熟拔其穗粒米比中華稍長採苦草雜釀爲酒間有佳者男婦雜作女常勞男常逸有盜賊則嚴別之戮於社夜門不閉禾積塲無敢竊者人精用鏢長五尺有咫山多鹿冬時合圍捕之獲若邱陵始皆聚居海濱明嘉靖末遭倭焚掠乃避居山始通中國漳泉人充龍烈嶼與諸澳譯其語與貿易今則日盛 何喬遠閩書

東番從烈嶼諸澳乘北風航海一晝夜可至澎湖又一晝夜可至加老灣其俗海而不漁窮年捕鹿鹿亦不竭無

歷日書契其民雜居而不嬲相生相養飽食嬉遊于于衎衎其無懷葛天之遺乎 舊志

諸羅鳳山番有土番野番之別野番在深山中疊嶂如屏連峰插漢深林密箐仰不見天棘刺藤蘿舉足觸礙蓋自洪荒以來斧斤所未入野番巢居穴處血飲毛茹種類實繁其升高陟巔越箐度莽之捷可以追驚猿逐駭獸平地諸番恒畏之無敢入其境客冬有賴科者欲通山東土番與七人爲侶晝伏夜行從野番中越度萬山竟達東面東番導遊各社禾黍芃芃比戶殷富謂苦野番間阻不得與山西通欲約西番夾擊之又曰寄語長官若能以兵相助則山東萬人鑿山通道東西一家共

輸貢賦為天朝民矣有當事者能持其議與東番約期夾擊勦撫並施烈澤焚山東其險阻則數年後未必不變荆棘為坦途而化盤瓠爽猝為良民也稗海紀遊

諸羅山以上皆在深溪峻嶂之間惟知採捕麞鹿聽商貿易鮮食衣毛所異於禽獸者幾希矣番之性雖剛而很但見小而善疑故無非分之求其技善奔走穿藤攀棘捷於猱猿所用之器鏢鎗最利竹弓竹箭雖不甚勁而射飛逐走發無不中倘使稍有知識偶或蠢動亦非易制之衆也諸羅縣志

生番素喜為亂苟有不足則出山屠殺商民然撫此類也若專以威則難搗其穴或柔以惠則難飽其貪要當示

之以威武懷之以德意駕馭有術不敢背叛且各社自樹其黨不相統轄力分則薄較易覊束又其俗尚殺人以為武勇所屠人頭挖去皮肉煮去脂膏塗以金色藏諸高閣以多較勝稱為豪傑云海上事畧

平地近番不識不知無求無欲日遊於葛天無懷之世有擊壤鼓腹之遺風往來市中狀貌無甚異惟兩目拗深瞪視似稍別其語多作都盧嘓轆聲呼酒曰打喇酥烟曰篤木固相傳元人滅金金人有浮海避元者為颶風飄至各擇所居耕鑿自贍數世之後忘其所自而語則未嘗改終歲不知春夏老死不知年歲有金錢無所用故不知蓄積秋成納稼計終歲所食有餘則盡付麴蘗

無男女皆嗜酒屋必自搆衣必自織績麻爲網屈竹爲弓以獵以漁罔非自爲而用之腰間一刀凡所成造皆出於此惟陶冶不能自爲得鐵則取澗中兩石自搥之久亦成器社推一二人爲土官非滇廣徵賦稅刼殺擁兵自衛者比（稗海紀遊）

土番非如雲貴之猫獠猺獞各分種類聚族而居者也社之大者不過一二百丁社之小者止有二三十丁見在各社有正副土官以統攝番衆然亦文項蒙頭無分體統考其實即內地里長保長之役耳（東寧政事集）

紅毛始踞時平地土官悉受約束犯法殺人者勦滅無孑遺鄭氏繼至立法尤嚴誅夷不遺赤子并田疇廬舍廢之諸番謂鄭氏來紅毛畏逃今鄭氏又勦滅

帝眞天威矣故其人旣愚又甚畏法郡縣有財力者認辦社課名日社商社商又委通事夥長輩使居社中凡番一粒一毫皆有籍稽之射得麋鹿盡取其肉爲脯并取其皮二者輸賦有餘然朘削無厭視所有不異己物平時事無巨細悉呼男婦孩穉供役且納番婦爲妻妾有求必與有過必撻而番人不甚怨之苟能化以禮義風以詩書教以蓄有備無之道制以衣服飲食冠昏喪祭之禮遠在百年近則三十年將見風俗改觀率循禮教寧與中國之民有異乎余謂欲化番人必如唐韋皐宗張詠之治蜀久任數十年不責旦暮之效然後可憶蓋

亦難言矣又有暗阻潛挑於中者則社棍是也謀充夥長通事熟識番情復解番語父死子繼流毒無已社商有虧折耗費此輩坐享其利社商率一二歲更易此輩雖死不移利番人之愚又欲番人之貧愚則攫奪惟意貧則力不敢抗即有以冤訴者番語哰離不能達情通事顛倒以對番人反受呵譴是舉世所當哀矜者莫番若矣乃以其異類且岐視之見其無衣曰是不知寒見其雨行露宿曰彼不致疾見其負重馳遠曰若本耐勞噫若亦人也馬不宿馳牛無偏駕否則致疾牛馬且然而況於人乎抑知彼苟多帛亦重綈矣寒胡爲哉彼苟無事亦安居矣暴露胡爲哉彼苟免力役亦暇且逸矣

奔走負戴胡爲哉異其人何必異其性稗海紀遊

贌社之稅在紅夷即有之其法每年五月初二日主計諸官集於公所願贌衆商亦至其地將各社港餉銀之數高呼於上商人願認則報名承應不應者減其數而再呼至有人承應而止隨即取商人姓名及所認餉額書之於冊取具街市舖戶保領就商徵收分爲四季商人既認之後率其夥伴至社貿易凡番之所有與番之所需皆出於商人之手外此無敢買亦無敢賣雖可裕餉實未免於累商也臺灣南北番社以捕鹿爲業贌社之商以貨物與番民貿易肉則作脯發賣皮則交官折餉日本之人多用皮以爲衣服包裹及牆壁之飾歲必需

之紅夷以來即以鹿皮興販有麛皮有牯皮有母皮有麞皮有末皮麛皮大而重鄭氏照舫給價其下四種俱按大小分價貴賤一年所得亦無定數偽冊所云捕鹿多則皮張多捕鹿少則皮張少蓋以鹿生山谷採捕不能預計也（諸羅雜識）

交納鹿皮自紅毛以來即為成例收皮之數每年不過五萬張或九萬餘張牯皮母皮末皮麞皮麛皮分為五等大小兼收偽冊報部並未有止用大鹿皮及山馬皮之說（東寧政事集）

文身皆命之祖父刑牲會社衆飲其子孫至醉刺以鍼醋而墨之亦有壯而自文者世相繼否則已焉雖痛楚忍

剳而刺之云不敢背祖也（諸羅志）

每秋成會同社之人賽戲飲酒過年名曰做年男婦盡選服飾華麗者披裘以出壯番結五尺鳥羽為冠酒漿菜餌魚鮮席地陳設遞相酬酢酒酣度曲為聯袂之歌男居前二三人其下婦女連臂踏歌曲喃喃不可曉聲微韻遠頗有古意每一度齊咻一聲以鳴金為起止（臺灣志略）

夫婦親暱雖富無婢妾僮僕終身不出里閈行攜手坐同車不知有生人離別之苦不為竊盜穿窬不識博奕種織漁獵樵採之外渾乎混沌之未鑿也（諸羅志）

巡使按年巡歷南北二路撫賞番黎宣布

聖澤凡至一社土官婦女往迎馬前意甚誠切有跪獻都

都者張鷺洲侍御有詩云爭迎使節共歡呼驄馬前頭衆婦趨苜頂緼盤陳野食大官嘗未識都都拔都都與內地緼團畧同（臺海采風圖）

雍正十二年南北各番社立社師擇漢人之通文理者給以館穀教諸番童逾年南北路巡歷宣社師及各童至能背誦四子書及毛詩歲科與童子試亦知文理有背誦詩易經無訛者作字頗有楷法番童皆薙髮冠履衣布帛如漢人有番名而無漢姓（同上）

番俗以女承家凡家務悉以女主之故女作而男隨焉番婦耕稼備嘗辛苦或襁褓負子扶犂男則僅供饁餉（同上）

郡邑附近番社亦三四月插秧先日獵亡醉酒祝空中占

鳥音吉然後男女偕往插種親黨餽黍往饁焉番地土多人少所播之地一年一易故穎粟滋長薄種廣收（同上）

番稻七月成熟集通社關定日期以次輪穫及期各家皆自釀酒以祭神遂率男女同往以手摘取不用鎌銍歸則相勞以酒（同上）

社番擇空隙地編藤架竹木高建望樓每逢稻田黃茂收樓登場之時至夜呼羣扳緣而上以趕貽遐矚平地亦持械支柝徹曉巡伺以防奸宄此亦同井相助之意（同上）

收成後於屋傍別築室圍以竹簾覆以茅苫連穗倒而懸之令易乾名之曰禾間其粟名倭粒大而性粘畧似糯米蒸熟攤令以手掬而食之（同上）

番無碾米之具以大木爲臼直木爲杵帶穗舂令脫粟計足供一日之食男女同作率以爲常同上

番女織杼以大木如栲栳鑿空其中横穿以竹使可轉纒經于上刓木爲軸繫于腰穿梭闔而織之以樹皮合葛絲織毯名曰達戈紋以色絲合鳥獸毛織帛採各色草染采斑斕相間又有巾布等物皆堅緻同上

番已娶者名遲調姦有禁未娶者名麻達番女年及笄任自擇配每日梳洗麻達有見之屬意者饋鮮花贈芎歸蕙遂與野合告父母成牽手焉同上

番俗初產母攜所育嬰兒同浴於溪不怖風寒蓋番性素與水習秋潦驟降溪壑漲盈腰掖葫蘆徑度如馳有病亦取水灌頂傾瀉而下以渾身烟發爲度未發再灌發

透則病愈同上

番婦育兒以大布爲搖襁有事耕織則繫布於樹較枝極相距遠近首尾結之若懸床然風動枝葉颯颯然兒酣睡其中不顛不怖饑則就乳之醒仍置焉故長不畏風寒終歲赤裸扳緣高樹若素習然元次山思太古詩云嬰孩寄樹巔就中捕鵃鸕所歡同鳥獸身意復何拘與此大相類不可謂社番非無懷葛天之民也同上

臺山產藤粗如繩長數十丈人跡不到深林蓊翳之區滋蔓芃茸沿盤澗谷間生番往往匿其中剸刃殺人故最難取緣資用廣而取利大番漢貪之蹝冒險亦無畏焉

同上

臺地未入版圖以前番惟以射獵爲生名曰出草至今尚沿其俗十齡以上即令演弓矢鍊習既熟三四十步外取的必中當春深草茂則邀集社衆各持器械帶獵犬逐之呼噑四面圍獵得鹿則刺喉吮其血或禽兎生啖之醃其臟腹令生蛆名曰肉筍以爲美饌其皮則以易漢人鹽米烟布等物同上

農事既畢各番互相邀會必令酒多不拘肴核男女雜坐讙呼其最相親愛者亞肩並唇取酒從上瀉下雙入于口傾流滿地以爲快樂若漢人闖入便拉同飲不醉不止同上

番無年歲不辨四時以刺桐花開爲一度每當花紅草綠之時整潔牛車番女梳洗盛粧飾登車往隣社遊觀麻達執鞭爲之驅途中親識相遇擲果爲戲若行人有目送之而稱其艷冶者即男女均悅以爲快同上

番女有緲綿氏之戲即鞦韆也以緲爲飛以綿氏爲天意以爲飛天耳每風和景明招邀同伴椎髻盤花靚粧麗服以銀錢珊瑚珠貫肩背條脫纏腕纍纍相比歡呼游戲臺人有雲霄碧梧飛彩鳳花移丹桂下嫦娥之句詠其事同上

彰化以北番婦日往溪潭盥頮沐浴女伴牽呼拍浮蹀躞謔浪相嬲雖番漢聚觀無所怖忌臺人有浪映桃腮花

片落波搖粉臂玉魚遊之句同上

內山絕頂有社名曰㗂嘓其番剪髮突睛大耳狀甚惡足指如雞爪上樹如猱獮善射好殺無路可通土人扳藤上下與近番交易一月一次雖生番亦懾焉惟懼砲火聞聲即跳遁同上

臺番涵濡德化亦有禮讓之風卑幼遇尊長卻步道傍背面而立俟其過始隨行若駕車則遠引以避如遇同輩亦停車通問相讓而行不可以蠻俗鄙之也同上

社番南關于北南路內山邦尉等社兇番常出殺掠通事憂之常求北社社每年二次差目番二人名曰出海帶器械番衆至南社諭令不得肆惡違則剿之蓋南社被北

社虔劉苦毒故聞之奉令惟謹也同上

番俗醇樸大古之遺一自居民雜遝強者欺番視番爲俎上之肉弱者媚番導番爲升木之猱地方隱憂莫甚于此社餉一項鳳山下淡水八社番米在僞鄭原數五千九百三十三石八斗蕩平後酌減爲四千六百四十五石三斗諸羅社餉共七千七百八兩零未邀裁減前猶可支持以地皆番有出產原多自比年以來流亡日集以有定之疆土處日益之流民累月經年日事侵削向爲番民鹿場蔴地今爲業戶請墾或爲流寓佔耕番民世守之業竟不能存什一于千百且開臺以來每年維正之供七千八百餘金花紅八千餘金官令採買蔴石

又四千餘金放行社鹽又二千餘金總計一歲所出共二萬餘金中間通事頭家假公濟私何啻數倍土番膏血有幾雖欲不窮得乎今一切陋弊革盡無餘而正供應作何酌徵以蘇番黎之苦周鍾瑄上滿總制書

鹿場多荒草高丈餘一望不知其極逐鹿因風所向三面縱火焚燒前留一面各番負弓矢持鏢槊俟其奔逸圍繞擒殺漢人有私往場中捕鹿者被獲用竹桿將兩手平縛鳴官究治謂為悞餉相識者面或不言暗伏鏢箭以射之若雉兔則不禁也番俗雜記

凡長吏將弁遠出番為肩輿行笥樸被皆其所任疲於奔命久矣曾為嚴禁余巡視南北兩路概不令任諸力役

惟過淡水虎尾大肚溪深水漲用五六人擎扶笥輿編以錢烟假宿社寮及兵弁輿從棲止處悉酬以烟布諸番驩甚從來未有間以所食物予番則驩然盡飽問何故跣足日非樂此特無履耳可見人性皆同同上

新官蒞任各社土官瞻謁例有饋獻率皆通事書記醵金承辦羊豕鵝鴨惠泉包酒從中侵漁不止加倍同上

內山生番野性難馴焚廬殺人視為故常其實啟釁多由漢人如業主管事輩利在開墾不論生番熟番越界侵佔不奪不饜復勾引夥黨入山搭寮見番弋取鹿麂往往竊為己有以故多遭殺戮又或小民深入內山抽藤鋸板為其所害者亦有之康熙六十一年官斯土者議

凡逼近生番處所相去數十里或十餘里豎石以限之越入者有禁鳳山八社皆通傀儡生番放縤社外之大武力力枋寮口埔薑林六根茄藤社外之糞箕湖東岸莊力力社外之崙仔頂四塊厝加泵社口下淡水社外之舊檳榔林莊新東勢莊上淡水社外之新檳榔林莊抽仔林阿猴社外之搨陽崙柯柯林搭樓社外之大武崙內卓佳莊武洛社外之大澤機溪口俱立石為界自加六堂以上至瑯嶠亦為嚴禁諸羅羅漢門之九荊林淡水溪墘（墘或嵌字之誤）大武壠之南仔仙溪墘茄茇社山後哆囉嘓之九重溪老古崎土地公崎下加冬之大溪頭諸羅山之埔薑林白望埔大武巒埔盧麻產內埔打猫

之牛屎坑口葉仔坑口中坑仔口梅仔坑山他里霧之麻園山腳庵古坑口斗六門之小尖山腳外相觸溪口東螺之牛相觸山大里善山大武郡之山前及內莊山半線之投捒溪墘猫霧捒之張鎮莊蓬山之南日山腳吞霄後壠猫裏各山下及合歡路頭竹塹之斗罩山腳淡水之大山頂山前并石頭坑峰仔嶼社口亦俱立石為界由雞籠沿山後山朝社蛤仔難直加宣畢南覓民人耕種樵採所不及往來者鮮矣（番俗雜記）

生番殺人臺中常事此輩雖有人形全無人理穿林飛箐如鳥獸猿猴撫之不能馴之不忍則亦未如之何矣惜有於出沒要隘必經之途遊巡設伏大張礮火虛示軍

威使彼畏懼而不敢出耳然此皆由於地廣人稀不闢不聚之故不盡由侵擾而然蓋生番所行之處必林木叢茂荆榛蕪穢可以藏身遇田園平埔則縮守而返不敢過其殺人割截首級烹剥去皮肉飾髑髏以金誇耀其衆衆遂推爲雄長野性固然設法防閑或可稍爲斂戢究未有長策也然則將何以治之曰以殺止殺以番和番征之使畏撫之使順闢其土而聚我民焉害將自息久之生番化熟又久之爲户口貢賦之區矣東征集

臺灣歸化土番散處村落或數十家爲一社或百十家爲一社社各有通事聽其指使所居環植竻竹社立一公所名曰公廨有事則集耕斂僅給家食不留餘蓄日事

田獵取麋鹿麞麂爲生其[illegible]男女同川而浴未婚娶者夜宿公廨男女答歌相慕悅而後爲夫婦拔去前齒齒皆染黑傳所謂黑齒雕題者乎性好勇尚力所習強弩鐵鏢短刀别無長刃利戟藤牌鳥鎗之具或與鄰社相惡稱兵率衆羣然鬨鬭然未嘗有步伐止齊之規鬭罷散去或依密林或伏艸莽伺奇零者擒而殺之所得頭顱攜歸社内受衆稱賀漆其頭懸掛室内以數多者稱爲雄長要其戰爭長於埋伏掩襲之謀利於巉巖草樹之區便於風雨瞑晦之候若驅之於平坡曠野之地則其技立窮且可以制其死命者有二其地依山並不產鹽斷絕其鹽彼將搖尾求食矣一也春夏之際其地雨

多而露濃故一望蓊翳至隆冬之日則一炬可盡彼將鳥獸散矣二也夫生之殺之其權在於我土番豈能爲吾患乎若利其有而資之以鹽任社商剝尅而不之禁令鑿齒之倫鋌而走險乃復不察地勢審利害苟且動衆而曰土番能戰也豈不謬哉大凡土番雖稱殊悍而頗近信倘招之以義撫之以恩明賞罰善駕馭以導之吾見耕者獵者安於社敬事赴公者服於途其風猶可近古也（理臺末議）

社番不通漢語納餉辦差皆通事爲之承理而奸棍以番爲可欺視其所有不異已物藉事開銷朘削無厭呼男婦孩穉供役直如奴隸甚至畧賣或納番女爲妻妾以

至番民老而無妻各社戶口日就衰微尤可異者縣官到任有更換通事名色繳費或百兩或數十兩不等設一年數易其官通事亦數易其人此種費用名爲通事所出其實仍在社中償補當官既經繳費到社任意攫奪豈復能鈐管約束因與道府約嗣後各社通事俱令於各該縣居住社中有應辦理事件飭令前往給以限期不許久頓番社以滋擾累盜買盜娶者除斷令離異仍依律治之至通事一役如不法多事即當責革若謹愿無過便可令其常充不得藉新官更換混行派費違者計贓議罪（番俗雜記）

肄業番童拱立背誦句讀鏗鏘頓革咮離舊習陳觀察大

輩有司教之責語以有能讀四子書習一經若復其身給樂舞生衣巾以風勵之癸卯夏高太守鐸申送各社讀書番童余勞以酒食各給四書一冊時憲書一帙不惟令奉正朔亦使知有寒暑春秋番不紀年或可漸易也（同上）

乾隆二年巡臺御史白起圖等奏准嗣後漢民不得擅娶番婦番婦亦不得牽手漢民違者即行離異漢民照民苗結親例杖一百離異土官通事照民苗結親媒人減一等例各杖九十地方官照失察苗民結親例降一級調用其從前已娶生有子嗣者即行安置為民不許往來番社以杜煽惑生事之端（咨稿）

乾隆三年總督郝玉麟奏准熟番與漢民所耕地界飭令查明有契可憑輸糧已久者各照契內所開四至畝數立界管業其漢人原贌界內有未墾未陞田園應令開墾報陞仍將原贌買之契示諭各業戶呈縣驗明蓋印該縣設立印簿照契內買賣本人及中保姓名畝數價銀輸糧額數土名四至逐一塡明簿內有不墾未陞若干一并登明冊許弊漏仍照式彙造清冊送司存案將來倘有轉售晝一呈驗登塡底田地有冊可考不致侵佔番業倘有契外越墾并土棍強佔者令地方官查出全數歸番分晰呈報嗣後永不許民人侵入番界贌買番業令地方官督同土官劃界立石刊明界限土名仍

將各處立過界址土名造冊繪圖申送以垂永久同上

乾隆二十三年奉　文臺灣府歸化各番番諭令薙髮蓄辮以昭一道同風之盛邇年以來各社番衆衣衫半如漢制畧曉漢語肄業番童薙髮冠履誦詩讀書習課藝應有司歲科試駸駸乎禮教之鄉矣

續脩臺灣府志卷十六終

續修臺灣府志卷十七

欽命巡視臺灣朝議大夫戶科給事中紀錄三次六十七　同修
欽命巡視臺灣朝議大夫雲南道監察御史加一級紀錄三次范　咸
分巡臺灣道兼提學政覺羅四明　續修
臺灣府知府余文儀　續修

物產一　五穀　蔬菜　貨幣　金石

爾雅註蟲魚得列於經而周禮職方氏相天下物土之宜九穀六畜有別所以裁成輔相俾上下鳥獸草木咸若者固恃有道也臺海土壤肥沃生殖滋豐而蚩蚩者罔會不知所以撙節而愛養之取之有時用之有節司牧者當思以人事補天道之所不逮庶幾物用不匱豈徒誇嘉木異卉珍禽怪獸爲足以賡齊諧已哉志物產

五穀

早占有赤白二種粒小蚤熟種於二三月成於六七月田中種之於八九月圓中種之　埔占穀白米赤皮厚種於三四月成　圓粒米白而軟粒短而肥種穫與埔占同但米多而爲飯則少　尖仔純白者佳　三杯形似尖粟　天來　內山早　清游早　紅脚早以上俱早成　大頭婆米粒圓而味香　過山香粒大倍於諸米極白用少許雜他米中作飯盡香美　大伯姆種於窪下之田水高一尺則長一尺水不能浸米白而大　七十日早種於早春七十日可成　安南早　白肚早其肚甚白　一枝早　呂宋占種自呂宋有赤白二色粒小而尖種穫同埔占但藏久則腐稏之下者　糯米即秫也　赤殼秫殼赤米白一名占仔秫　虎皮秫殼赤有文米白粒大　竹絲秫米青

白色殼名尖仔秫　生毛秫殼有毛俗呼爲大武壠秫　鴨母潮性極黏　禾秫鳳山八社種於閩米獨大　鵝卵秫粒短殼薄色白性甚軟諸秫中最佳者　番仔秫粒甚大土番擣糍藏之以釀酒○以上稻之屬

附考

三縣皆稱沃壤水土各殊臺縣俱種晚稻諸羅地廣及鳳山淡水等社近水陂田可種早稻然必晚稻豐稔始稱大有之年千倉萬箱不但本郡足食并可資贍內地居民止知逐利肩販舟載不盡不休所以戶鮮蓋藏使槎錄

稻有秫糯秔稻種於水田者曰早占曰晚占色白種於園者曰埔占色赤糯稻種於水田者曰赤秫殼色赤種於園者禾秫粒大色白赤嵌筆談

糓之產有數種一曰黏糓皮厚而堅可以久貯一曰埔黏兼可種於旱園一曰三杯皮薄而粒大不耐久貯臺諸兩邑皆種黏糓鳳邑黏糓埔糓並種彰化北路止種三杯糓種早晚性各不同早者六月可收晚者九月始穫南路下淡水間有三冬種四月即收者名爲雙冬又爲他邑之所無也臺灣志畧

番黎愛種糯稻八月可收同上

土壤肥沃不糞種糞則穗重而仆種植後聽其自生不事耘耡惟享坐獲每畝數倍內地近年臺邑地畝水衝沙壓土脈漸薄亦間用糞培養下淡水以南悉爲潮州

客莊治埤蓄洩灌溉耕耨頗盡力作（赤嵌筆談）

占稻俗名占仔湘山野錄宋真宗以福建地多高仰聞占城稻耐旱遣使求其種使蒔之按宋會要大中祥符五年遣使福建取占城穀分給江淮兩浙則種入中國似更前有赤白二色白者皮薄易舂六七月始種十月收稻之極美者（諸羅縣志）

附考

大麥（立冬種清明熟）　小麥　蕎麥　番麥（狀如黍實如石榴子一葉一穗穗數百粒○以上麥之屬）

附考

麥有大麥小麥而小麥最佳南方麥花多開於夜臺則如北地然食多亦不覺熱黍米夜間開花居民多不食

蕎麥種植亦少嬰皃有疾每用麪少許滾湯沖服立瘥謂能解肌祛熱間有爲飯者（赤嵌筆談）

南北地熱二麥不宜北路稍寒可以種麥二月告成與淮北各省麥秋迥異（臺灣志畧）

黍　蘆黍（西北方名高粱）　黃粟（稷之別名）　芝蔴（即胡麻）　鴨蹄黍（穗似鴨蹄故名釀酒甚美○以上黍稷之屬）

附考

稷之屬有細米黃白二種蕭壠麻豆諸社有之（使槎錄）

北路多種黃粟穗似鴨掌粒頗細碎（臺灣志畧）

黃豆（粒大倍于內地）　白豆（種自港岡出者最佳）　黑豆（土產者粒不甚大俱四五月種八九月收）　米豆（皮色白可和米煮食九月收）　綠豆（三四月種九月收）　紅公豆　刀豆　土豆

即落花生蔓生花開黃色花謝于地即結實故名一房三四粒堪充果品以搾油可代蠟北方名長生果福

豆 俗名肉豆一名蛾眉豆 菜豆 莢長亦名長豆蔓生下垂有青紫二種 加雪豆 以上菽之屬

附考

荷蘭豆如豌豆然角粒脆嫩清香可餐其餘如黃黑豆小米芝蔴綠豆赤豆之屬悉同內地而收穫較早 臺灣志畧

田中藝稻之外間種落花生俗名土豆冬月收實充衢陳列居人非口嚼檳榔即啖落花生童稺將炒熟者用紙包裹鬻於街頭名落花生包 赤嵌筆談

荷蘭豆種出荷蘭可充蔬品煮食其色新綠其味香嫩 臺海采風圖

裙帶豆子黑莢綠紅公豆子紅莢紫原只一種莢長尺

餘可充蔬菜福州名為豆結 同上

御豆一名觀音豆煮食蒸豚味尤鬆甘 同上

番豆花銀紅色殼硬粒圓土人取為粉餈等餡較綠豆價為廉 同上

蔬菜

薑 春種夏熟 葱 有香葱麥葱風葱三種風葱可療風疾 韭 薤 蒜 番薯 皮有紅有白蔓生其根生熟皆可食亦可釀酒作粉又有文來薯皮白肉黃而鬆種出文來國 山藥 芥菜 田薯 有紫白二種蔓生根伏土中一藤可七八魁間有一藤一魁者長五六尺如短柱重十餘觔 白菜 莧菜 脷藍菜 莙薘 即厚菾菜 頗薐 種出西域頗薐國頗訛為菠 俗呼為赤根菜方士隱名為波斯草 蕹菜 種來自東彝古倫國以甕盛之譯不能通但名甕名 蔶 茇 本草所謂葫荽是也 荷蒿 葉似艾花似小菊性冷味香 芹菜 絲瓜 或呼鼠瓜老則

成布臺地種于園中蔓延于地俗呼為天羅布亦名菜瓜金瓜一名南瓜有大小二種王瓜一名莿瓜以皮有微莿也月令四月王瓜生臺地十二月即有之苦瓜一名錦荔枝冬瓜臺地四時皆有匏有長匏有勁匏老則皮堅極大者土民鏤作器筍臺地產者味苦紫菜生海石上海粉青白二色狀如粉條生海中蘿蔔秋冬春三時皆有涵瓜有青白二色醬豉糖醋皆宜或名菁瓜或名菜瓜臺則名為涵瓜一物而異名也○以上蔬菜之屬

附考

鳳山縣有薑名三保薑相傳明初三保太監所植可療百病（香祖筆記）

番薯明萬歷中閩人得之外國瘠土沙礫之地皆可種初種於漳郡漸及泉州漸及莆近則長樂福清皆種之閩海而南有呂宋國朱薯被野連山不待種植夷人率

取食之莖蔓生如瓜蔞黃精山藥之屬而潤澤可食或煮或磨為粉亦可釀為酒生食如食葛熟食味如熟荸薺生貯之有蜜氣香聞室中夷人雖蔓生不訾省然恡而不與中國人有截取其蔓咫許以來於是入閩十餘年矣當時有頌云不需天澤不冀人工能守困者也不爭肥壤能守讓者也無根而生久不枯萎能守氣者也佐五穀能助仁者也可以粉可以酒可祭可賓能助禮者也莖葉皆無可棄其值甚輕其飽易充能助儉者也耄耋食之不患哽噎能養老者也童孺食之止其啼能慈幼者也行道鬻乞之人食之能平等者也下至雞犬能及物者也其於士君子也以代買焉所以固其廉以

廣施焉所以助其惠而諸德備焉

或云薯長而色白者是舊種圓而黃赤者得自文來國未知孰是余見有大可尺圓形似南瓜者土人亦不輕見也（赤嵌筆談）

番薯結實於土生熟皆可啖有金姓者自文來攜回種之故亦名金薯閩粵沿海田園栽植甚廣農民咸藉以爲半歲糧（臺海采風圖）

番芋一類數名長曰土芝團曰蹲鴟又檳榔芋中有紅根相連如檳子又淡水芋大者重四五觔其味俱隹（臺灣志畧）

傀儡芋出南路傀儡番社長可一二尺旁無小艿（臺海采風圖）

芋有二種紅者呼爲檳榔紅白次之熟較內地亦早六月初旬即可食多食滯氣不似內地滑潤南路番仔芋一名糯米芋有重十餘觔者味隹（赤嵌筆談）

內山生番不知稼穡惟于山間石罅刳土種芋苗熟則刨地爲坑架柴于下鋪以生芋上覆土爲竅火燃則掩其竅數日取出芋半焦熟以爲常食行則挈以爲糧（番社采風圖）

臺地竹生筍不出叢外皆不堪食夏月街市亦有煮熟屑賣者味酸苦難以充庖諸羅志謂竹塹斫裏之筆竹筍味甚隹（使槎錄）

金瓜茄葉幹同茄花連五瓣似鴨脚淡紫色結實沿蔓大似金瓜有外瓣初白後黃土人以供玩（臺海采風圖）

番芥藍似菜菜藍其紋紅根亦紅種久蕃茂團結成頂層層包裹彩色照耀一名番牡丹種出咬𠺕吧其國以爲上品菜諺云一叢抵一茇言其罕也番銀錢小者名茇（同上）

貨幣

糖（有黑白二種） 冰糖 油（有芝蔴菜子落花生草蔴數種） 藤（有水藤莿藤二種郡所產水藤尤多） 菁澱（可以染） 菁子（產於臺者最佳） 茄藤皮（多生海邊皮可染絳） 薯榔（皮黑肉紅染皂用之） 紵 麻 炭 灰（蠣房殼燒成用以塗堤） 鹿皮（春皮毛淺而薄冬皮毛深而厚爲褥溫而去濕） 麖皮（鹿之大者俗呼爲麖皮商人販往外國） 麞皮（可作靴襪烏褌） 茶（出水沙連社可療暑疾。）以上貨之屬

附考

臺人植蔗爲糖歲產二三十萬商船購之以貿日本呂宋諸國（稗海紀遊）

蔗苗種於五六月首年則嫌其嫩三年又嫌其老惟兩年者爲上首年者熟於次年正月兩年者熟於本年十二月三年者熟於十一月故硤煮之期亦以蔗分先後若旱爲硤削則漿不足而糖少大約十二月正月間始盡興工至初夏止初硤蔗漿半多泥土煎煮一次濾其滓穢再煮入于上清三煮入于下清始成糖入碻待其凝結用泥封之半月一換三易而後白始出碻曬乾春

擊成粉入甕須半月爲期未盡白者名曰糖尾併磪再封蓋封久則白封少則緇其不封者則紅糖也所煎之糖較閩粵諸郡爲尤佳東寧政事集

臺人十月內築廍屋置蔗車僱募人工動廍硤糖上園每甲可煎烏糖六七十擔白糖六七十擔磪沙土陶成中園下園只四五十擔煎糖須覔糖師知土脈精火候湯大沸用蠣房灰止之將成糖投以草蔴油恰中其節煎成置糖槽內用木棍頻攪至冷便爲烏糖色赤而鬆者于蘇州發賣若糖濕色黑於上海寧波鎮江諸處行銷至製白糖將蔗汁煮成糖時入糖磪內下用磪鍋盛之半月後浸出糖水名頭水次用泥土蓋磪上十餘日得

糖水名二水再用泥土覆十餘日之糖水名三水合煎可爲糖膏或用釀酒每磪白糖只五十餘觔地薄或糖師不得其人糖非上白則不得價矣每廍用十二牛日夜硤蔗另四牛載蔗到廍又二牛負蔗尾以飼牛一牛配園四甲或三甲餘每園四甲現插蔗二甲留空二甲遞年更易栽種廍中人工糖師二人火工二人煮蔗汁車工二人將蔗入石車硤汁牛婆二人鞭牛硤蔗剥蔗七人園中砍蔗去尾去籜採蔗尾一人看牛一人工價逐月六七十金赤嵌筆談

唐大歷中鄒和尚始教民黃氏造蔗霜法其器用有蔗削蔗鎌蔗櫈蔗碾撞牀榨斗漆甕之屬今蔗車兩石熹

立狀如雙碾硤取其汁想卽蔗碾遺製酒有蔗漿用餳汁釀成與荔子酒俱味極甘北路有用梨子茇釀酒者又在蔗漿荔子之下同上

三縣每歲所出蔗糖約六十餘萬簍每簍一百七八十觔烏糖百觔價銀八九錢白糖百觔價銀一兩三四錢全臺仰望資生四方奔趨圖息莫此爲甚糖斤未出客人先行定買糖一入手卽便裝載每簍到蘇船價二錢有零自定聯䑸之法非動經數旬不能齊一及至廈門歸關盤查一船所經兩處護送八次掛驗俱不無費是以船難卽行脚價貴而糖價賤矣同上

海船多漳泉商賈貿易于漳州則載絲線漳紗剪絨紙

料烟布蓆草甎瓦小杉料鼎鐺雨傘柑柚青果橘餅柿餅泉州則載磁器紙張興化則載杉板甎瓦福州則載大小杉料乾筍香菰建寧則載茶回時載米麥菽豆黑白糖餳番薯鹿肉售于廈門諸海口或載糖靛魚翅至上海小艇撥運姑蘇行市船回則載布疋紗緞枲棉涼煖帽子牛油金腿包酒惠泉酒至浙江則載綾羅綿綢縐紗湖帕絨線寧波則載棉花草蓆至山東販賣粗細碗碟杉枋糖紙胡椒蘇木回日則載白蠟紫草藥材繭綢麥豆鹽肉紅棗核桃柿餅關東販賣烏茶黃茶綢緞布疋碗紙糖麴胡椒蘇木回日則載藥材瓜子松子榛子海參銀魚蟶乾海壖彈丸商旅輻輳器物流通實有

粒同上

哆囉滿亦生番社名產金，從澗底泥沙中淘之而出，與雲南瓜子金相似。陳小崖外紀：康熙壬戌間，鄭氏遣僞官陳廷輝往其地采金，老番云：采金必有大故。詰之，曰：初日本居臺，來采金，紅毛奪之；紅毛來取金，鄭氏奪之；今又來取，豈遂晏然無事。明年癸亥，我師果克臺灣。同上

埋金山　明都督俞大猷討海寇林道乾，道乾遁入臺，艤舟打鼓山港。相傳其妹埋金山上，時有奇花異果，入山樵採者或見焉，若懷歸則迷路不得出，疑有山靈呵護。同上

臺地交易最尚番錢，紅毛所鑄銀幣也，長斜無式，上印

番字，銀色低潮，以內地兼金與之，反多滯難用。小制錢外，多用昔年所鑄臺廣昌南紅銅錢，并明時舊錢鵝眼荷葉，散若流泉。見行鼓鑄，輪郭周好，交易則棄而不用，亦足異矣。赤嵌筆談

硓𥑮石生海中，皆鹹鹵結成，粗劣易腐，土人以盆盎中充玩。文石產澎湖，有花紋者佳，可為朝珠及扇器。打鼓山石嵌空玲瓏可玩。岡山石可燒灰墁壁。硫磺出淡水磺山。以上石之屬

附考

骨石　沙中有骨堅結如石，積潦衝刷，地闢沙潰，始露峰挺崿仰，皆劍攢垂，非乳滴，質雖不堅，而一種爽峭竦聳之致，彷彿英石。臺灣志畧

冠石聞在南日社大山之後有巨石峭削巍峩出內山之巔其形如冠土番指石爲的登絕頂東洋及山後諸社可一望而盡同上

巨石多生於雞籠淡水之間突怒偃蹇奇不可狀土皆黃色地脈所發生處也南嵌以下漸無石質亦不堅無格理不可以施椎鑿宮室之用皆載自漳泉寧波諸羅志

內山有鬆石鑿之成片下砌爲牆上以代陶瓦方廣一丈望之天然石室也諸羅縣志

硫土黃黑不一色質沉重有光芒以指撚之颯颯有聲者佳反是則劣煉法搥碎如粉日曝極乾鑊中先入油十餘觔徐入乾土以大竹爲十字架兩人各持一端攪

之土中硫得油自出油土相融又頻頻加土加油至於滿鑊約入土八九百觔油則視土之優劣爲多寡工人時時以鐵鍬取汁瀝突傍察之過則添土不及則增油油過不及皆能損硫土既優用油適當一鑊可得淨硫四五百觔否或一二百觔乃至數十觔關鍵處雖在油而工人視火候亦有微權也稗海紀遊

續脩臺灣府志卷十七終